努力

山崎春子

文芸社

努力◎目次

はじめに

私がなぜ人材派遣会社に登録し、派遣社員として働くことにしたのかというと、自分に合った仕事を選び、自分に合った働き方ができると思ったからです。しかし、私が派遣社員として働いた時代は、まだ「派遣社員」という制度が日本でスタートして間もない黎明期だったこともあり、派遣先の会社は契約範囲外の仕事まで、どんどん私に与えたのでした。私は本当に苦労しながらも、派遣先の会社での務めを何とか果たそうと働きましたが、過度の仕事が重なり病気になってしまい、とうとう仕事を辞めるまでに至ってしまいました。

このような時には、派遣会社の方から契約外の仕事はさせないように交渉してもらったり、はっきりと派遣先の会社に断るべきなのです。また、自分が気持ちよく働けるような環境の会社を選ぶことも大切でしょう。

本書は、勤務当時の記録と当時を振り返っての私の思いを綴った第一部、そして、労災を申請し結審するまでの記録を書き上げた第二部から成っています。私が昭和六十一年にある企業に派遣され、六年後に体を壊して仕事を辞め、そして平成四年に労災手続きをして平成十年に結審するまでの闘いの経緯を、ぜひ皆さんに知っていただきたいと思い、筆をとったものです。

なお、個人名はすべて仮名を使っております。

平成十五年三月

山崎春子

第一部　派遣労働者の日記

第一章　昭和六十一年　A不動産へ派遣される

当時はまだ人材派遣業が今ほど一般的ではない時代でした。能力に合った仕事と相応の時給が約束されるという新聞広告の募集を見て、派遣社員として働くことにしたのです。私は経理事務での登録を希望し、決算までできるということで登録しました。それが昭和五十五年、今から二十三年前のことです。それ以前に派遣社員として働いた経験はありませんでした。

以来、数十社に派遣され経理の仕事をこなしてきました。派遣期間は通常一ケ月から三ケ月、それを更新することにより継続されますが、短い仕事では一日や二日だけという場合もありました。

昭和六十一年、私は原宿にあるA不動産に派遣社員として勤務することになりました。

それは一本の電話がきっかけでした。一月七日に派遣会社渋谷支店の山田課長より、原宿のA不動産に決算の仕事があると連絡が入ったのです。

「経理部長が年末休暇に入ってから急病で入院してしまったので、決算の仕事を代行してほしいという依頼です。一月三十一日が申告の日ということです」

経理事務全般の責任者である社員の田村さんという方が病気で入院しているため、その代わりをということでした。

「時給は千五百二十円。山崎さんの仕事は経理事務ということになりますが、顧問の税理士さんがいるそうです。もう一人、松山順子さんという派遣社員の女性が勤務していますので、何でも聞いてください」

決算なら経験もあるし大丈夫だろうと、仕事内容の詳細や条件などは確認せずに、承諾してしまいました。

勤務時間は午前九時から午後五時までで、休憩時間は正午から午後一時まで。残業については何も指示されませんでしたが、私の仕事は決算ということで、当然残業はあるものと覚悟していました。

一月九日（木）

A不動産は、原宿駅から十分ほどの所にあるビルの二階に入居していました。ビル自体のオーナーもA不動産ということで、一階はワンフロアの貸事務所、二階は二〇一号室から二〇五号室まであり、A不動産の事務所は二〇一号室、その他の部屋はやはり貸事務所となっているようでした。三階から九階までは賃貸マンションとなっていました。

建物はバス通りに面していましたが、割合静かで、なかなか立派な外観でした。一階のホールにはシャンデリアらしきものがありましたが、ライトが点灯されておらず、うす暗いホールという印象でした。

A不動産の経理部は、正社員の入院してしまった田村部長、派遣社員の松山順子さんという構成で、他の社員はといえば、社長夫妻、営業部長の沢田健二さんの三名でした。事業内容は企業向け及び個人向けの不動産賃貸および管理業で、大小四棟のビルの管理をしており、付随する駐車場なども貸しているということでした。

一月三十一日が確定申告の日ということで、様々な書類を作成するようにと指示されました。派遣会社の担当者が「何でも聞いてください」と言っていた松山さんは、何を聞いてもわからないと言うばかりで、あれこれと直接社長に聞き、とにかく資料を探して仕事にとりかかることにしました。

顧問の税理士がいるということで安心していたのですが、全然話にならないのです。税理士はA不動産の帳簿や伝票など見たことがなく、何を聞いてもわからないようでした。

とにかく、何をするにも驚きの連続でした。私が「計算機を貸してください」と言うと、見たこともないような骨董品――何とA不動産が入居する更に前、昭和三年三月の工具工場発足当時から使っているという、古い古い計算機を現役で使っているのです。

これには、ただただ驚くばかりでした。電気計算機で動きが遅く、しかも複雑な計算はできません。しかし、これしかないということなので仕方なく、これを使って計算することにしました。

とにかく、何一つ新しいものはないのです。決算まであと二週間ほどしか時間がありません。しかも誰にも聞くことができないのですから、それは大変でした。

会社で一生懸命仕事をしても到底終わらないため、検算などは毎日家へ持ち帰ってやることにしました。

一月十三日（月）

季節は真冬、しかも暖房の設定温度が低いため、事務所内はなかなか暖まらず、毎朝寒い思いをしました。また、社長室から隙間風が足元に吹き込んでくるのも、つらいものでした。

事務所の入り口にあった温度計は、冬だというのに常に十度から十三度位を指していました。それもそのはず、これは後で知ったことですが、その空調機は五十四坪カロリーの容量しかないのに、百五十九・六坪の容積のフロアにこの小さな空調機を設置しているのですから、暖まるはずなどないのでした。

始業は九時ということなので、少し前には会社に到着して机の上の掃除などをして、仕事にとりかかりました。始業後すぐにマンションの住人達が家賃を支払いに来ることもあり、朝は忙しいことが多かったものです。そしてしばらくすると、いつも紺のスーツを着た社長が、毎日決まった時間に出勤してきます。

二階にある事務所には窓がないため薄暗く、地下室のようでした。太陽の光が入らないのはもちろん、外景も全く見えず、息苦しい雰囲気でした。一方で、社長室は窓が広く、南側に面した明るい部屋でした。私と松山さんが勤務している事務所と社長室とは天井から下まで隙間なく仕切られていて、気分の悪い部屋でした。しかも、直接外気が入らず、スプリングタワーも換気扇も換気孔も設置されていないようで、部屋の中の酸素が欠乏している感じでした。

更に、同じフロアには空調装置の機械があり、空調機が稼動中はモーターが低くうなるような音が常にしていて、まるで空調室にいるような感じなのです。音は気にしたら気になるという程度で、会話には影響ない程度でした。スイッチは定時になると、守衛さんが入れたり切ったりしていました。

「こんな所にいたら耳が悪くなるんじゃないですか？」

と松山さんに聞くと、

「前はもっと大きな音がしていましたよ」

と言うのです。確かに、事務所内に機械をとりはずした跡がありました。

また、驚いたことに、空調機は事務所内の空気（酸素）を取り込み、同じ部屋の天井から排気を放出していました。つまり、機械が使った排気も空調機から排出される暖かい空気と一緒になって放出されているのですから、常に汚れた空気が充満していることになります（しかし、このことについて詳しく知ったのはだいぶ後のことでした）。

おそらく社長は事務所内に排気が放出されていることを知っていたのだと思います。だからこそ、社長室と事務所との境界をぴったり仕切ったり、窓際の細長いクーラーの出口にガムテープを張って汚れた空気が放出されないようにしていたのでしょう。本当におかしな状態でした。

一月二十日（月）

前の派遣先企業では、残業時間を申告して時間外賃金をもらっていましたが、派遣社員として勤務している松山さんは、残業しても申告していないということなので、私はA不動産は残業しても賃金を払わない方針なのだろうと思い、残業時間を申告していませんでした。

しかし、松山さんと私は業種が違うのです。松山さんは雑用を含む一般事務、私は経理事務ということもあり忙しさが違うのだからと考え、この日から残業を申告するようにしました。

一月二十三日（木）

派遣会社の担当者の山田さんから、仕事を二月末まで延長してほしいとの電話を受けました。

一月中は忙しかったので延長を引き受けることにしましたが、二月に入ってから、事務所の環境が悪いことや、仕事と時給が折り合わないということで、断ろうと思いました。

社長は、朝出社してきても寒い社内にとどまっていることはなく、ほぼ毎日のように夕方まで外出していました。おそらく、事務所が快適な場所ではないと知っていたのでしょう。夕方、私達が帰る頃には戻ることもありましたが、戻ってこないことも多く、私達は社長の戻りを待たずに帰ってしまうこともありました。

とくに午前中は手がかじかんで字が書けないほど寒くて、椅子に足を伸ばして腰掛けることができず椅子の上に正座して仕事をするほどでした。

お昼近くなって気温が上がると、自然と部屋の空気も暖まるという状態でした。つまり、室内の温度が外気と一体なのです。Ａ不動産の前に勤務していた会社では、暖房のきいた室内で冬でもブラウス一枚で仕事をしていましたし、それはどこの会社でもだいたい同じでした。しかしこの事務所では、セーターの上にカーディガンを着て、更に毛糸のソックスまで履かずにはいられない毎日でした。社長は電気スリッパや膝掛けなどを使っていたようです。

あまりにも寒いので、社長に温度の調節ができないかどうか聞いてみると、空調室の計器の操作法を教えてくれました。しかし色々と動かしてみましたが、全く効果がないのです。後で空調機の工事人に聞いたところ、すべて壊れているので、何をどう動かしても効果はないのだと教えてくれました。

しかし、その空調機は一日中休むことなく、耳障りな音だけが鳴り響いているのです。そして、次第にその音が気にならなくなったのは、音が小さくなったから、私の耳が聞こえなくなっていったからなのだと、後で気付きました。小さい音でも一日中鳴り響いていたのですから、影響がないわけがありません。

私と松山さんは自分達の机の上は毎日拭いていましたが、私の席は部屋の隅にあり、いつもほこりがたまっていました。会社には掃除用具がないため、てっきり清掃業者が掃除をしているものとばかり私は思っていました。しかし、これも後でわかったのですが、一ケ月に一度ピータイルの床の掃除をする以外、清掃業者は入っておらず、応接室や社長室には掃除は入らず汚れたままでした。

一月二十四日（金）

決算ということで仕事の依頼を受けた私でしたが、いざ仕事を始めると、税務署に提出する確定申告書の作成までを私がやることになっていました。

決算と確定申告書の作成という仕事は、全く別物です。私の仕事は決算までで、確定申告書の提出は、本来、税理士の仕事なのです。しかしA不動産の社長は何もわかっていないためか、すべて私がやるようにと指示されたのでした。申告日まで日数がありませんでしたから、とにかくやることにしました。

ようやくこの日、確定申告書の下書きが出来上がりました。

私の仕事は、前年六月から十一月までの本決算を、一月三十一日に申告するというものでした。仕事内容について誰にも聞くことはできないため、前期の決算の書類を参考にしてやるのですが、その内容が一般的な決算の方法と全く違うため、それは大変なものでした。

どうしてこんなやり方をしているのかとあきれるほどでした。税務署に提出する必要のない独自の表などをたくさん作ったりしているのです。とはいえ、私は今までのやり方でやらねばならないと思い、こんなもの税務署ではどうせ見ないのに……と思いながらも、一生懸命やりました。

今まで通りにやらなければと思い、仕方なく税務署に行って教えてもらったこともありました。見本を持って窓口に行くと、案の定、税務署の係員には「こんな方法でやっている会社はないよ」と言われてしまいました。もちろん、正規の方法でやれば簡単にできるのですが、私が会社の決まりごとを変えてしまうわけにはいかないため、面倒な方法を踏襲するしかありません。確定申告書を一人ですべて書いたことは一度もありませんでしたから、わからないことばかり。難しいことに頭を悩ませる毎日で、家に持ち帰り、徹夜で仕事をした日もありました。

また、A不動産の社長は、決算どころか事務について仕事内容を全く理解せずに私に仕事をどんどん発注してくるのでした。派遣会社の山田課長の方も、決算とはどういう仕事をするのか、全くわかっていなかったようです。つまり、A不動産の社長も派遣会社も、何事も不明瞭なまま私に仕事を依頼したということなのでしょう。いったい二社の間にどんな約束が交わされたのか、不思議でなりません。

同じ経理部で帳簿を記入する仕事をしていた派遣社員の松山さんも、決算の仕事内容については全く把握していないようでした。また、私を手伝おうという気もないようでした。

一月二十九日（水）

慣れない確定申告の書類の下書きが終わると、次は提出書類に清書するのですが、これもまた大変でした。清書や書類をコピーしての整本作りは、毎年松山さんが手伝っていたということで、何とか手伝ってもらい、前年度と同じような書類が出来上がりました。Ａ不動産は高額納税会社のため、何組もコピーして整本しました。

担当の税理士は、これまでＡ不動産の書類は見たこともなかったようですが、私は何とか見てもらいたいと頼み、確認を得ました。

この頃から、右手の指が痛むようになりました。また、室内の明かりが暗くて手元が陰になるのがずっと気になっていたため、机の位置を移動させ、少しでも仕事がやりやすくなるよう、工夫することにしました。

年末調整の給与支払調書の申告も一月末までに行うということで、やはり私がすることになりました。これもやはり契約以外の仕事だったのですが……。

一月三十一日（金）

ようやく、税務署や区役所、都税事務所に書類を提出し、銀行に納税金を納めて決算の仕事を終了しました。

決算が済み、確定申告書も提出しましたが、本来、どこの会社でも申告書は税理士が作成するものなのです。こんなことは経理事務の契約に入っていないので、派遣会社の担当者の山田課長に電話をして、事情を説明することにしました。当然、相応の報酬を得られると思ったからです。

二月六日（木）

確定申告書の作成に対する報酬について、派遣会社からは何の回答もありませんでした。電話だけではわかってもらえないと思った私は、渋谷支店に直接出向いて、仕事内容が契約と違うということや、仕事をした以上はそれに相当する手当金、決算料をもらいたいと話し合いたいと思い、電話を何度もしました。

勤務時間中に電話をかけることは許されていなかったので、夜十時頃、担当の山田さんと電話で話しました。しかし、決算という仕事内容をよく理解していないためか、よい反応を得ることはできませんでした。

二月七日（金）

翌日も、派遣会社の担当、山田さんに電話をかけましたが、一向に応じてくれません。派遣労働者の当たり前の権利について交渉してくれることなど、まるでしようとはしない担当者でした。

確定申告書の作成は、税理士や会計士がすれば高額の報酬を得られるのに、私の場合は時給の範囲内ということになってしまうのでは、到底割に合いません。私の方から具体的な金額や申告書の作成料を提示したわけではありませんでしたが、せめて現在の千五百二十円よりは大幅に時給をアップしてもらいたいと考えていました。実際、他の派遣先では時給千八百円をもらったこともあり、その意味でも不満でした。

しかし、山田さんの回答は「通常の経理事務の賃金は払っているのだから」と言うのです。

この後も、何度か電話をかけ、直接話をしたこともありましたが、時給以上の賃金が支払われることはありませんでした。

二月十日（月）

決算が一段落したため、散らかっていたロッカーの中の整理をしました。日常の仕事がしやすく、必要な書類がすぐ取り出せるようになりました。

決算後は、仕事の中心は、月々の家賃の支払いに訪れる賃貸マンションや事務所の店子さん達の応対、帳簿付けなどでした。

同じ派遣社員とはいえ、経理事務ではなく一般事務ということで働いている松山さんは、私が来てからというもの、一日中ぶらぶらしているだけのようでした。自分の仕事が忙しいわけではないのに私を手伝ってくれることもなく、何ともやり切れない気持ちで仕事をしていました。

松山さんは、帳簿を立てておくのでなく、紙に包んで十字にしばって積み重ねていたので、どこに何があるのか調べるのがとても大変でした。私は帳簿を紙に包むのはやめて、見てわかりやすく、取り出しやすいようにしました。彼女のように一冊ずつ紙に包んで積んでおく人なんて、これまで見たことがありませんでしたし、この会社に来てびっくりしたものです。おそらく、全く事務の仕事の経験がなかったのでしょう。

書類の整理一つとってもこのように違うのですから、意見が合わないのも当然です。

二月十八日（火）

ずっと入院していた経理部の田村部長が亡くなりました。私は彼の代わりということで、引き続き勤めることになりました。

私は今までのやり方ではなく、もっと効率が良い方法で仕事をしたいと考え、社長の許可を取り付けました。「山崎さんのやりやすいようにしてください」と社長が言ってくれたこともあり、伝票の記入などはどこでも通用するわかりやすく簡単な方法へ変えました。

しかし松山さんは、私が社長の許可を得てやっているのではなく、自分勝手にやっていると思っていたようで、それが気に入らないようでした。以前までの無駄が多い仕事の方法があくまで良いのだと信じきっていたのでしょうか。

二月二十日（木）

松山さんと私の間はますます険悪になり、やはり社長に「辞めさせてください」と言おうと思いました。しかし、毎日多額の現金を扱い、他にも経理の仕事一切を扱っているので、辞めるに辞められません。どうしたらよいのか、苦しみ悩む毎日でした。

A不動産では、貸している各マンションの一室ごとに銀行の預金通帳があるため、二百冊以上もの普通預金通帳がありました。前の田村経理部長はなぜこのようなことをしていたのでしょうか。銀行もよく引き受けてくれたものです。

このように無駄が多いことを松山さんにも話してみたのですが、彼女は私が好き勝手にしたいのだと勘違いしたようで、気に入らなかったようです。「これまでの方法でいいじゃないですか」と彼女は言うので、仕方なく、少しずつ方法を変えていくことにしました。

この後も、私の仕事は増す一方で、松山さんは仕事をしないという日々が続きました。

しかし、決算時の手当支給が認められなかったばかりか、仕事量が増えたからと時給が上がるわけでもありませんでした。おそらく、私の仕事内容と時給とのアンバランスについて、社長にも派遣会社の担当者にも理解してもらえなかったのでしょう。

三月五日（水）

決算が済み、二月に帳簿の整理や次期の帳簿の切り替え等をしたことにより、少しは仕事がしやすくなるかと思っていましたが、私が松山さんに直接仕事を頼んでも断られ、社長からお願いしないと受けてもらえないという日々が続きました。

Ａ不動産では、お茶を飲むことは朝の十時と昼の三時に一杯だけしか、私には許されていませんでした。また、お茶菓子をいただくことなどは全くありませんでした。一方、松山さんは社長がいない日中は、毎日のように守衛さんの所や営業部長の所に行って、飲んだり食べたりしているのでした。また、松山さんは営業部長がいる隣のビルへ「お茶だし」と称して遊びにいき、戻ってくると大きな手提げ袋を手にしていることがありました。最初は、彼女は夜学にでも通っていて荷物が多いのだろうか、などと思っていましたが、その中身が営業部長からもらったお菓子だと知って、私は何て変わった会社なのだろうと、あきれるやら、悲しいやらで情けなくなりました。

Ａ不動産の仕事はマンション管理業ですから、入居者が出入りするたびに、その人達がお菓子などを持って挨拶にくるのですが、社長も営業部長も、それらの大量のお菓子類を箱ごと家へ持って帰っていたようです。

そんな中、私はお茶さえ自由に飲むことができず、毎日のどが渇き、頭が痛くなり、退社時間がきて外気にふれるとすーっとする思いでした。他の会社ではお茶やお茶菓子などを自由にとれたものですが、Ａ不動産では全くできないため、のどが渇き、次第に声が出にくくなっていきました。

四月一日（火）

Ａ不動産では賃金のベースアップが四月にあり、私の時給も千五百六十円になりました。

時給を含めた待遇面に不満を感じながらも、Ａ不動産では私を必要としているのも事実でした。また、私としてもこの仕事を辞めることによって、派遣会社の登録が抹消ということになってしまったり、今までの実績を無にしたくないという気持ちがありました。

私は今までにいろいろな会社に派遣されて重宝がられてきましたし、「正社員にならないか」という誘いを受けたこともありました。結局、その会社からは満足のいく条件を提示してもらえなかったため、これまで派遣社員を続けながら条件のよい会社を探していました。本当は会社を固定して働きたい、よい会社があれば派遣社員から正社員になりたい、と考えていました。

結局正社員にならないまま派遣社員を続けてきましたが、私も五十歳を越えており、今更、今登録している派遣会社以外の会社に登録したとしても、仕事をもらえるとは限りません。

私は穏便に時給のアップと決算書の作成料をお願いしたいと思い、都民相談室の法律相談で聞いてみたところ、「会社を辞めてしまえば、賃上げや決算書の作成料は望めないので、仕事を続けたまま交渉を続けた方がよい」と言われました。

私としては、仕事とそれに見合った報酬をもらえるのだということを会社にわかってほしいと思い、引き続きA不動産に派遣されることを承諾しました。

四月十八日（金）

春になり、空調を暖房から冷房へ切り替えることになりました。これで少しは過ごしやすくなるかと思ったところ、今度は冷えすぎてしまい、室内の温度が九度位になることもありました。同じビルに入っているテナントさんやマンションの入居者からも、苦情がきました。

この空調機は評判が悪く、このせいで入居者の出入りがはげしかったのですが、社長はむしろそれを喜んでいたようです。出入りがあるたびに契約金が入るからです。

他の部屋に入居している事務所の人たちは、窓を開けて温度調節をしていたようですが、私達がいる事務室は、空気の入れ替えなどできません。閉め切ったままだと気持ちが悪くなるので、ドアを開いたり（中廊下ですから、直接外気は入らないのですが）、応接間の窓を開けたりして、何とか過ごしていました。しかし、社長がいる時は窓を開けることはできず、常にブラインドを下げた状態でした。

五月十二日（月）

五月三十一日、この日は私がＡ不動産に勤務してから二度目の決算日ということで、また決算の準備にとりかかりました。

私の他に決算の仕事をする人がいるわけでもなく、A不動産ならではの効率の悪い方法で、また書類を作成することにしました。六ケ月ごとの決算は本当に忙しく、前年度の始末が終わらないうちに次の決算がきてしまうのです。

このビルが完成して以来、スリムラインは切れないと取り替えないとのことで、事務所は大変暗く、明かりが消えたりついたりしている状態でした。机の向きを変えてみても手許が暗くて陰になるのです。しだいに目が痛くなり、仕事を続けるのがつらい状態になりました。

A不動産で使っているものは、前述のように、何もかもが古いものばかりでした。昭和三年の工場創立以来、使い続けているという机は、油がにじみ、悪臭が漂うような汚れたもので、その机に紙を貼ったりして外見上はきれいにして使っているのでした。また、同じく創立以来から使われている椅子は、三本脚のロールがギーギーと鳴り回転が悪く、高低の調節ができず、座っているだけでも疲れてしまうほどでした。このように、すべてにおいて骨董品を使って仕事をしなければならないのですから、大変です。しかしその一方で、社長は何十万もする革の、背もたれの高い立派な椅子に座っていました。

五月三十一日（土）

決算を無事乗り切りました。

前期の一月三十一日の決算についても、確定申告書まで作成したのに全く手当てが出なかったので、渋谷の支店長に何度も交渉をしたり、色々お願いもしましたが、一向に話は進展しませんでした。

この頃から眼が充血したり、字を読むと痛くなったりするようになりました。また、生あくびがとまらず、眠くなったり頭痛がしたりしました。朝出社してからしばらく仕事をしていると、吐き気がするほど気持ちが悪くなることもあり、午前中に二回、午後に三回ほど外へ出て外気を吸うように心がけることにしました。すると、眠気や頭痛が軽減されました。

六月七日（土）

眼の痛みが激しくなり、眼科へ行きました。

二年前から老眼だったため、一番度の弱い老眼鏡をかけていました。A不動産勤務開始当時の視力は、右が一・五で左が一・二でしたが、視力が落ちてしまい、メガネの度を変えました。

おそらく、事務所が暗いせいだろうと思います。室内が暗くて仕事に支障をきたすので、机の位置を何度も移動したのを社長に見つかって怒られたこともありました。

七月一日（火）

使いにくい骨董品の計算機ではとても仕事にならないと、とうとう自分でプリンター付きの計算機と小さいものを買い、使い始めました。

計算機もそうでしたが、毎日の仕事でいちばん不便を感じたのは、コピー機でした。

Ａ不動産で使っているコピー機はリースで、コピー機本体と置き台がセパレート式のものでした。機械のモデルチェンジの時、新しい機械に切り替えるとリース代も上がるため、コピー機本体だけを取り替え、紙をセットする置き台はそのまま使用していました。こうすればリース代はそのまま変わらないからです。

そのため、新しいコピー機のカセットが古い置き台にきちんと収納されず斜めになってしまったり、Ａ3サイズのカセットが入らないためにロッカーに収納するはめになるなど、使い勝手が悪く、仕事の効率も著しく低下しました。ほとんど毎日のように使うものですから、とても疲れました。こんなところにも社長のケチぶりが表れているようで、本当にがっかりしたものです。

七月二十四日（木）

相変わらずの忙しさでした。四月にベースアップがあったとはいえ、時給は四十円上がっただけです。事務所の居心地の悪さも相変わらずでした。

「七月三十一日の決算が済んだら辞めたい」と派遣会社渋谷支店の担当の山田さんに電話しました。

七月二十五日（金）

渋谷支店の山田さんが来社。何の進展もありませんでした。

七月三十一日（木）

法人税の確定申告を済ませました。

相変わらず一人ですべてまとめて作成したため、本当に大変でした。苦労の連続でした。

八月二十六日（火）

渋谷支店へ行って、山田さんと話しました。

「人材開発部の部長をしている富沢三男を差し向けるから、そこで話をしてください」とのことでした。

八月二十七日（水）

人材開発部の富沢部長と二人で会食をすることになりました。食事をしながら、「私のしている仕事内容と時給が釣り合わないのではないか」と不満を伝えましたが、その場では何も回答してくれませんでした。私も、Ａ不動産の作業環境の悪さにまでは触れませんでした。

わざわざ富沢部長と会食したものの、結局、何の改善もないまま、毎日忙しく過ごすこととなりました。

九月十六日（火）

Ａ不動産の事務所は、帳簿類などは整理せずに積み重ねてあるだけで、書類は山積みにされていました。また、ロッカーの中も資料がごちゃごちゃに入っており、外には書類が放り出されたままでした。たまりかねた私が、社長に「整理をした方がいいのではないでしょうか」と言うと、社内やロッカーに散乱している書類を整理して箱に詰めるようにと言うのです。これは経理事務という仕事の範囲なのだろうかと疑問を感じながらも、社長の指示を断るわけにはいきません。

さっそく営業部長が大きな段ボール箱をたくさん買ってきました。仕方なく、私は整理を始めることにしました。

九月二十九日（月）

春から秋にかけて山積みになっていた書類帳簿を、ようやく段ボール箱に納めました。第八十三期（昭和四十三年六月～昭和五十九年十一月）から第百十五期（昭和五十九年十二月～六十年五月）までの分です。

誰が見ても中に何があるのかがわかるように記入して、何日もかかってようやく書類の整理が終わりました。仕分けを終えてみると、ダンボール箱に二十箱ほどになりました。

最初に確認をしておくべきだったのかもしれませんが、この書類の整理は契約外の仕事にもかかわらず、確定申告と同様、この仕事に対して支払いをしようという気はないようでした。社長は、私がするのが当たり前とでも思っていたのでしょう。全く人を馬鹿にしていると思いました。

しかし、たとえば守衛さんに一日足らずで小屋の屋根を直してもらったからといって二万円も支払ったり、ちょっとした仕事を頼んでは三千円位払ったりと、必ず支払っているのです。

何でもそうですが、仕事をする前に条件をきちんと確認してからするものだとつくづく感じました。たとえ言ってみたところで、私に支払ってくれたかどうかはわかりませんが……。

十月六日（月）

冬から暖房に切り替えるために、空調の工事が行われました。汚れた空気とほこりが事務所内にいっぱいにたちこめ、またしても気持ちが悪い思いをしました。社長が不在の間はできるだけ窓を開けるようにしましたが、見つかるとすぐ閉められてしまい、その繰り返しでした。また、窓を開けたところで、そう状況は変わりませんでした。

十一月二十八日（金）

次期の仕事の立ち上がりが済んで息つく間もなく、また決算の時期がやってきました。

この頃から、これまでの症状の他に、右手の指先から肩にかけてが痛むようになり、湿布薬を貼ったり、塗り薬を塗ったりしていました。また、寒くて血液の循環が悪くなるため、椅子に座っていると足先やくるぶしに水がたまって痛むようになりました。これまではこれといった病気をしたこともなく、まして入院したこともありませんでしたが、これらの症状は一向に良くなりません。しかし、夜しか時間がとれず、夜は病院が開いていないため、健康診断を受けようにも受けられない日々が続きました。

十二月二十三日（火）

年末ということもあり、汚れた事務所の大掃除をしました。これまで一度も大掃除をしたことはなかったというのですから、驚きました。

第二章　昭和六十二年　B有限会社の設立

この年、十月二日付でA不動産の子会社としてB有限会社が創立されました。これは当時、固定資産税法が改正になり、不動産は法人所有より個人所有の方が有利になったため、社長個人の資産を法人に貸し付ける会社として、B有限会社が作られたのです。

私にとって、あくまでA不動産が派遣先企業ということで、B有限会社は当然、契約外の別会社ということになります。しかし、私はB不動産の経理も担当することになったため、そのことについて派遣会社渋谷支店に相談してみましたが、担当者からは何の回答もありませんでした。

一月五日（月）

一月は固定資産の申告や支払調書の提出、また決算の仕事もありました。

相変わらず事務所が寒いため、残業もできず、家に持ち帰って夜三時まで仕事をするような日々が続きました。私は痛む指に軟膏を塗りながら、忙しい仕事を乗り切りました。

一月三十日（金）

法人税の確定申告を提出。

三月十三日（金）

派遣会社渋谷支店の山田さんに電話。あまりにも忙しく、このままでは体を壊してしまうと思い、三月末で契約を終了したいという旨を伝えました。

また、この四日後、渋谷支店に行き、直接話をすることになりました。

四月一日（水）

この日の事務所は、外気が最高気温九～十度という寒さの中、暖房なしという状態。カーディガンで膝当てをしたりと温まる工夫をしても、無駄というものでした。寒くて指がかじかみ、字が書けないほどでした。

五月十一日（月）

空調の切り替え工事が行われました。この時、空調工事の人から、室内の空気を取り入れて、排出していることを聞きました。

そして工事後も、機械は何回も故障するのでした。

六月六日（土）

眼科へ。

七月一日（水）

七月一日から新規にパート派遣労働者についても雇用保険の適用がなされ、私は条件を満たすということで、派遣会社の方で雇用保険加入の手続きをしてくれました。これで、有給休暇がとれることになりました。

八月二十七日（木）

私が、再三「仕事内容のわりに時給があまりにも低すぎるから、時給を上げてほしい」と渋谷支店に話していたところ、派遣会社本社の人材開発部長、富沢三男氏が相談にやってきました。

渋谷で食事をしながら、お話をしたのですが、仕事のことや時給のことなどには全く触れず、何のためにわざわざ会食をしにきたのかわかりませんでした。

九月三日（木）

山本正子マネージャーと渋谷支店山田課長、松山さんと私の四人で会食をしました。私は、これまで一方的に派遣会社とA不動産に時給アップを要求しているように思われたら困ると、仕事の内容が間違いないことを松山さんが証言してくれるものと期待していましたが、豪華な食事が次から次へと出てきて、このような席で仕事の苦情を話すのもふさわしくないと思い、結局仕事の話はしませんでした。

いったい何のために何度も会食などしたのかと、むなしくなりました。

八〜九月は、A不動産では交代で夏休みに入りました。こんなに忙しい状態の中、辞めたくても辞められないからと惰性で働き続けるのが怖くなり、今度こそはこの問題を解決しようと、派遣会社の本社へ電話することにしました。チームリーダーの福本宏氏と話し、相談日を約束しました。

九月二十一日（月）

派遣会社の本社にて、チームリーダーの福本氏に会いました。仕事の内容のことを話し、その内容がわかるように見本を持って行ったところ、「これは大変なことをしている」と理解してもらうことができました。

「これは確かに派遣社員の山崎さんがやるような仕事ではありませんね」

と速やかに言い、渋谷支店の山田課長に電話してくださると約束してくれました。私が思っていたとおり、仕事の内容と時給がかみ合っていないことを認めたのです。また、「その後も進展がなかったら、電話してくるように」とまで言ってくれました。

十月二日（金）

Ｂ有限会社の開業準備のために、聴講会や申告などあちこちへ出かけたりと忙しく過ごしました。松山さんには何一つ手伝ってもらえず、仕事は日に日に増えていきました。

仕事を少しでも効率よく、またやりやすくしたいと思った私は、「六ケ月決算は大変だから、一年決算にしてはいかがでしょうか」と社長に提案してみました。社長が承諾してくれたので、これで少しは楽になるかと安心したのでしたが、またしても、別の仕事が増えるのでした。新会社のB有限会社の創立です。新たな事務関係の仕事などについて、色々と一人で思案し、準備を整えました。

この頃、派遣会社渋谷支店の担当者が後藤さんに代わりました。

十月二十七日（火）

福本氏との面会から一ケ月以上が経ちましたが、渋谷支店からは何の連絡もありません。業《ごう》を煮やした私は、仕方なく福本チームリーダーへ電話をかけました。

十月二十八日（水）

渋谷支店の担当の後藤さんより、ようやく電話がありました。

しかし、「こんなことを本社にまで話しに行くなんて」と叱られてしまったのです。その後も何度か話し合いの機会を持ちましたが、同じことの繰り返しで何の進展もありませんでした。

十一月七日（土）

税理士主催の研究会へ。平成一年四月から導入される消費税の説明会に社長と出席。一時から五時まで延々と説明が続きました。

昭和六十三年は、ちょうど消費税法が成立する年のため、講習会や説明会などが様々な会場で行われ、あらゆる方面へ聞きに出かけなければならず、大変忙しい思いをしました。また、いくら勉強したとはいえ、実際にやってみないとわかりませんので、相当苦労することになりました。

また、社長が本来自分で出席すべき社長個人の帳簿記帳の説明会にまで、私が行くことになりました。社長の帳簿のつけ方や財産のことなどについて私が話を聞いて、一生懸命、社長に説明したのです。社長は、私が勤めていた間、一度もこの説明会へは出席せず、社長会にだけ出席していたようです。

十一月十六日（月）

年末調整の説明会へ出席。

第三章　昭和六十三年　多忙を極める日々

この当時、私が登録していた派遣会社では、毎月のように支店を開設していました。そして、派遣社員として働く人の数もどんどん増えていた時期でした。おとぎの国へ案内するようなパンフレットをたくさん作り、膨大な内容を盛り込んで印刷されたパンフレットが、毎日のように送られてきました。何百万円する豪華客船での旅を始め、様々な旅行キャンペーンの企画をうたったパンフレットが毎日のように郵送されて参りました。

私は本当なのかと思い、南方系の飛行機旅行に参加しようと思い申し込みました。ところが、行きの切符はとれたが帰りの切符がとれないという回答があったのです。こんなおかしなことがあるのでしょうか？　パンフレットなど信じてはいけないのだと初めて気付きました。

こんな誇大広告をして派遣社員を確保していたのでしょうか。次から次へとよくもまあ……とあきれるばかりでした。止むことなく、パンフレットは毎日のように郵送されてきました。次第にエスカレートして色々なものがどんどん送られてきて、参ってしまいました。

ある日、千葉の幕張で派遣会社創立十五周年を記念した盛大な催しが開かれるという案内のハガキやパンフレットが届きました。何度も同じ案内が来て、〝式典の後、有名ブランドの洋服などのバーゲンセールも開催される〟という告知をするチラシが同封されていたり、〝色々と安く買えます〟などといった封筒が郵送されてきたりしました。

ところが、興味本位に式典に出かけてみると、そのバーゲンセールの催しは派遣会社の催しではなく、式典の後、別の会社が主催するものだったのです。妹を誘っていた私は、いつ会場に入れるのかと待っていても、結局その別会社の人達しか入場できなかったようです。派遣会社の式典に出席した人の中には、大きな袋を持ってきた人までいるほどでした。つまり、式典にできるだけ大勢の人々を集めるために、他の会社がやることまで宣伝して、とにかく集まってくださいということだったのでしょう。

人は予想外に集まったようでした。ホールは人でいっぱいになりました。

その後も派遣会社からは、毎月のように「何々支店ができました」との知らせが舞い込みました。これはバブル経済期の天井知らずの時代の象徴だったように思います。

一月二十六日(火)

B有限会社および新会社説明会のため、渋谷税務署へ。

二月一日(月)

A不動産は第百二十期より一年(十二ケ月)決算に改正したため、中間決算となりました。

二月二十三日（火）

Ｂ有限会社の決算の講習会のため法人会へ。この後も、申告書の説明会や所得税の研修会など、さまざまな会への出席のため、毎日忙しく過ごしていました。

四月二十八日（木）

Ｂ有限会社の第一期（昭和六十二年十月二日〜六十三年二月二十九日）決算。新会社で最初の申告ということで、見本も参考資料もなく、色々勉強し苦労しながら、とにかく確定申告書を作成し、提出しました。

五月二日（月）

Ａ不動産の事務所の真下、一階をギャラリーにするということで、工事が始まりました。当時は何でも新しいものを作れば大繁盛という時代でした。社長は、渋谷にあるギャラリーが大盛況だという噂を聞きつけ、おそらくこの地でもギャラリーを新設すればもうかると思ったのでしょう。毎日クーラーのブーブーという音が聞こえる中、煩わしい工事が始まりました。

工事はまず、外側のタイルを取り壊すことから始まりましたが、コンクリートを壊す際、耳を劈くというか、たとえようもない凄まじい音がするのです。機械で壁を削ったり何かを打ち付けたり、騒音が二階の事務所の床に響いて仕事などできない状態でした。他の階のテナントの人達も、苦情を申し入れてきました。

こうして止むことのない騒音に悩まされる毎日が続きました。毎日のことですから本当に耐え忍びながら仕事をしていたのですが、松山さんは例によって外出してしまい、ほとんど事務所へは帰ってきませんでした。事務所にいるのは私一人ですから、この騒音のひどさを誰かにわかってもらうこともできず、つらいものでした。

そのうち、道路工事で使っている電動ドリルで一階の床のコンクリートや柱、壁などを削るようになり、耳を劈くような衝撃音に悩まされるようになりました。近所の人も苦情を言ってきたり、かなり上の階に住んでいるマンションの住人達まで苦情を申し入れてきたほどです。まして私は直接音が響く中で仕事をしなければならず、やりきれない思いでいっぱいでした。しかし社長はこの騒音について、何も言ってくれませんでしたし、会社にも全く寄り付きませんでした。

この工事は何ケ月も続きました。おそらく、この騒音が耳に影響を及ぼしたのでしょう。こんな状態の中、難聴になるのではととても心配でした。

私の仕事もギャラリー開店に備えて、帳簿、商品管理等の諸仕事が増えてきました。ギャラリーの女性スタッフは事務の経験はない何も知らない人達ばかりで、伝票の書き方からいちいち教えることになりました。

五月三十一日（火）

株式会社の第百二十期決算（六十二年六月一日～六十三年五月三十一日）決算。今期より一年分に変更したため、いつもより仕事が多く大変でした。ようやく有限会社の確定申告書を提出して息つくひまもありません。Ａ不動産の仕事も滞りがちでした。

七月二十八日（木）

確定申告書提出のため、残業の日々が続きました。六月から七月は冷房していましたが、時々機械が故障してしまい、汗だくだくで用紙が濡れてしまい、字が書けなくなるほどでした。疲れがひどく、ぐったりしながら家と会社を往復する毎日でした。

十一月二十六日（土）

全く改善されない待遇をどうにかしてほしいと思い、市ケ谷支店にいる営業取締役本部長の杉山高明氏を訪ねることにしました。安い時給で全く契約にない仕事までやらされているのですから、納得がいくまで努力しようと出かけて行きました。

私としては、営業取締役本部長なら何とかなるだろうという気持ちで、いわば切り札のつもりで会いに行ったのです。またこれ以上、本社の福本チームリーダーに迷惑をかけられないという気持ちもありました。

資料を持参して、これまでの経緯を説明すると、

「これは大変だ。派遣社員でこんな仕事までやっている人はいない」

杉山本部長はとてもびっくりしたようでした。私がしている仕事内容は、普通は管理職がするべき仕事であり、管理職の派遣は認められていないため、契約違反にあたってしまうということなのです。また、現金等の金銭関係は、派遣社員は扱わないことになっているということでした。つまり派遣会社として請負契約ができない仕事であり、差額の賃金をA不動産に請求することはできないというのです。

「直接、A不動産から山崎さんへ報酬を支払うように交渉するしか、方法はありません

ね。私が直接A不動産の社長とお話ししてみましょう」

杉山本部長はこう約束してくれました。

十一月二十九日（火）

派遣会社の杉山本部長が来社することになっていた日でしたが、社長の所へ来客があったりして、面会は延期ということになりました。

十二月五日（月）

杉山本部長が来社し、ようやく社長と直接話ができました。

杉山本部長が一人で話しに来るのかと思っていたのですが、渋谷支店の担当者、後藤さんと二人で来社しました。そして、おそらく社長にやりこめられてしまったのでしょう、渋谷支店の面子をたてるということなのか、「来年度の昇給時（四月）にうんと時給を上げるから」という約束を取り付けただけでした。

杉山本部長は「今、派遣業界もライバル会社が多くなって厳しいし、大変だから」と言うのでした。確かに競争が激しさを増した時期ではありましたが、反面仕事も多い時期でしたから、「社長の方が間違っているのだから、他の派遣会社に頼んでください」位の立場で話をすればいいのに……と私は不満でした。一社でもお得意様の企業を失いたくないという気持ちからなのでしょうか。

「ここで辞めてしまうと、派遣会社も辞めなければならなくなるのはいやです。仕事を続けるので、せめて時給を上げてください」と私はお願いしました。

第四章　平成一年　悪化する一方の体調

年明けの一月は、いつもの月よりマンションの契約が多く、とても忙しいのです。応接室に契約者のお客様が五～六人でタバコを吸ったりして、長いこと契約内容について話し合いをしていることもしばしばでした。

こういう日はいつも頭痛や吐き気がして、気持ちが悪くなるのです。朝は体調もよく睡眠も十分だったはずなのに、急に腹痛が起こったこともありました。ふと、三年前に経理部長が直腸ガンで亡くなったことが浮かんできました。

今までも手足が痛んだり、ほこりを吸って気分が悪くなったりしてきましたが、これまでと違って、明らかに体の調子が悪くなったことに気付きました。しかし、一月は給与の支払調書の作成、固定資産台帳の提出、A不動産の法人税の中間報告等でとにかく忙しかったので、二月に入ってから病院で精密検査をすることにしました。

二月四日（土）

手の指や足の痛みがひどく、E大学附属病院へ内科検診に行きました。この後も何度か病院へは通いました。

診察の結果、「リウマチの気がある」と言われ、驚きました。身内にはこんな病気の人はいないのに、大変なことになったと思いました。『リューマチは酸素が治す』（星雲社）という本を買ったりして、自分でも調べてみようと思いました。

三月八日（水）

E大学附属病院で内科の検査報告を受けました。特別に異状なしでした。あいかわらず、消費税関連の説明会へ出席するなど、多忙でした。

四月四日（火）

四月はB有限会社の法人税の確定申告があり、会計事務所の研修会へ参加したりと、大変忙しく、夜十時頃まで夕食もとらずに残業をするような毎日でした。

A不動産の昇給時期に合わせて、私の時給は五十円上がりました。しかし、当たり前のように決算時には私が確定申告書まで作成しているというのに、会社の回答はあんまりではないでしょうか。私はこれでは時給が安すぎる、との主張を続けることにしました。

四月二十七日（木）

A不動産の税務調査があり、立ち合いました。

この頃から、のどにものがつかえたり、話をしている最中に舌が縺れて話しづらくなる症状が表れました。病院で診てもらうと、唾液不足ということでした。のどの痛みに効く薬を買い、毎日飲みました。

五月二十二日（月）

空調機が時々故障し、自動温度調節機は全く作動しませんでした。修理に来た人は社長に機械を取り替えるようずっと前から話していると言っていました。

六月二十六日（月）

B有限会社の竣工式がありました。仕事が終わってから、都内のホテルで関係者の方々を招待して華々しく式が催されました。派遣社員の私や松山さんも出席しました。

七月十一日（火）

確定申告書の作成のため、月末までの二週間ほど派遣会社に応援を頼むことになりました。

七月三十一日（月）

確定申告書を税務署へ提出。

八月五日（土）

十五日までの十一日間、夏期休暇をとりました。

八月二十四日（木）

相変わらず仕事は増すばかりで、環境の悪い室内で苛酷な仕事を続けていました。また、松山さんは仕事をせずにあちこち遊び歩いていることにもストレスがたまっていきました。とうとう私は、今度こそ会社を辞める決心をしました。

事務所では、私はお茶を自由に飲めませんでした。規定の時間にしかいただけない決まりだったのです。それも、百グラム二百五十円のお茶を五百グラムずつ買うのです。こんな安いお茶はあまり売っていないでしょう。お客様にお茶をお出しする時は本当に恥ずかしく、情けない思いをしていました。

八月三十一日（木）

業務終了後、夜七時頃まで社長と退社の件を話し合いました。社長は「山崎さんの仕事も多くなっているので、一人派遣社員を増員して三人体制で仕事ができるようにするから」などと言うのでした。

九月二十日（水）

小型金庫をようやく購入。これまで、マンションの住民や駐車場を借りている人達が月々支払いにくるお金はすべて小型金庫で保管していました。金庫といっても、昔工場の道具箱だったものを金庫として使っていたため、鍵がついていないのです。あまりにも無用心ではないかととても心配でしたから、ほっとしました。

九月二十五日（月）

あまりに忙しい日が続き、このままでは体がもたないと思った私は、「辞めたい」と社長に伝えました。ところが社長は、「山崎さんに辞められては困る。松山さんといっしょでは仕事がやりづらいならば、松山さんを出すから」と言うのです。

同じ派遣社員の松山さんと私の溝は、ますます深まるばかりでした。私が一生懸命仕事をしている中、彼女は違うビルの営業部へ遊びに行ってしまい、仕事を全くしないことや、直接仕事を頼んでも断られ、どうしてもという時は社長からお願いしないと受けてもらえないという日々が続いていました。

私が社長に辞めると言うと、派遣会社と話し合い、松山さんの契約が打ち切られることになりました。しかし社長は何を思ったのか、松山さんの仕事の引き継ぎに一ケ月半も時間を与えたのです。

十月二日（月）

優法会の研修会に出席。この時、講演する人の声が聞き取れないことに気がつきました。

その時初めて、耳が遠くなったのだと感じました。

十月十七日（火）

松山さんの後任の派遣社員として小川幸子さんが来ました。松山さんの仕事は公共料金の計算などといった簡単なものにもかかわらず、小川さんにどう説明したらいいのか、全く要領を得ないようでした。また、日中は社長が出かけていないのをいいことに、二人で二時間も外出して遊んでくるのでした。

そうこうしているうちに引き継ぎ期間が終わり、十月末、松山さんは退職しました。ところがさて一人になると、小川さんは何をどうしてよいのか、さっぱりわからないと言うのです。

松山さんがどんなにか大変な仕事をしていたのだろうと思って、社長は一ケ月半も引き継ぎ期間を与えたというのに、一人で公共料金の計算さえできないのです。わからなければ前の月の帳簿を参照すればいいと思うのですが、それすらできないと言うのでした。

十一月八日（水）

派遣会社渋谷支店の担当者が板橋さんに交代。ようやく私の仕事について理解してくれる担当者に巡り会うことができました。

新人の小川さんは体調が悪いと言い、この日から休んでいました。

十一月十三日（月）

週があけて、小川さんは午後から出社してきましたが、社長は派遣会社に「もう来なくていい」と断ったということでした。

小川さんが辞めてしまい、仕方なく、彼女の仕事も私が引き受けることになりました。実際には、公共料金の計算などは簡単な方法で表を作りコピーして、数字を入れればいいだけなので、二日もあれば十分終わるような仕事でした。松山さんは毎月この仕事に十日も十五日もかけて一枚ずつ書いていたのです。全く要領を得ない仕事をしていたものだとあきれてしまいました。

こんな無駄なことを毎月毎年やっていることに、社長は気付いていなかったのです。多分、これらの方法は前の経理部長が教えたのでしょう、こんな簡単なことをとても難しい仕事のように扱っていたのです。更に、松山さんと私との賃金の差があまりなかったことを知り、愕然としたものです。

十二月いっぱいまでは代わりの派遣社員は来なかったため、一人で経理と事務の仕事をこなしていました。

十二月二十九日（金）

仕事納め。

第五章　平成二年　仕事環境の改善

A不動産の給料日は毎月二十五日と決まっていました。

正社員は、社長と社長の奥様と営業部長の三人だけなのですが、毎月新札を揃えて袋に入れて社長へ渡すなど、ひと通りのことをしていました。給料の支払いは振り込みにすれば簡単ですし、いちいち新札を揃えて手渡ししている会社なんて、今時なかなかないのではないかと思いました。

ところが、給料だけでなく何でも現金で支払っていたのです。電気代、ガス代、電話代などは、毎月現金を持って私が支払いに行くのでした。金融機関から自動引き落としにしている会社が一般的だということを、もしかしたら社長は知らなかったのかもしれませんが、何しろすべてが旧式なのです。新しい方式に改めようとせず、古い様式を守って仕事を済ませている会社でした。

このような調子ですから、マンションや駐車場の集金も、当然、現金で集めていました。賃貸事務所の支払いは、さすがに振り込みにしてもらっていたようですが、A不動産が振り込み指定をしないため、マンションの住人達や駐車場の支払いをする人達が現金を持って支払いに来るのです。とくに月末に支払いに来る人が多く、間違いがないようにと一万円札を何度も何度も数えていると、しまいには指や手全体が痛くなってしまいます。とても手間がかかり、忙しいものでした。

今や銀行では少しの現金でさえ機械で数えている時代です。私は毎日たくさんのお札を数えているうちに、中指と親指にしこりができて瘤のように膨らんでしまい、退社してから四年ほどかかって、ようやく元のように治ったほどでした。

しかし、どう考えても効率が悪く、仕事がしづらいのを何とか改善したいと思っても、実際に行動に移すには、当然、社長の許可が必要でした。そしてこの社長の納得を得るのがまた大変でした。

Ａ不動産が取り引きしている銀行は三行でしたが、毎日のように担当者が来社して、賃料収入の現金をその都度渡していました。

銀行員はいつも夕方に来社するのですが、約束通りの時間に来ることは少なく、一～二時間ほど待たされることが度々でした。そして、この待ち時間を残業の時間に入れることもできず、無償で時間外労働をすることもしばしばでした。

このような経緯の中、私が大変だと言い続けたことにより、ようやく賃料は銀行振り込みとなりました。これで、マンションの個人個人が持ってくる現金の扱いもなくなり、ずっと楽になるでしょう。また、多額の現金を扱うことが少なくなるため、保管の心配もなくなりました。社長が本当に私の大変さを理解してくれたかどうかは疑問ですが、個人ごとの名義でばらばらに分かれていた預金通帳も各銀行で一冊の通帳にまとめられ、ようやく公共料金などの支払いも自動引き落としとなりました。平成二年の十月頃のことです。
私がわざわざ銀行や郵便局へ行くことも、ほとんどなくなりました。

一月八日（月）

事務を担当する派遣社員として、小林明子さんという女性が来ました。

一月二十二日（月）

派遣会社から小山田さんという女性が来ました。

一月に入り、派遣会社から来た小林さんは、いくら教えても仕事の要領が理解できず、結局一週間だけ勤務して、違うスタッフと交代することになりました。
次に派遣された小山田さんという女性にも、私は一生懸命仕事を教えたつもりですが、やはり仕事ができないということで、一月いっぱいで辞めることになりました。

この後、二月～三月の二ケ月間、一人で仕事をこなさなければなりませんでした。

三月二日（金）

三月に入ってから、肩が痛くなりました。また、会社に来ると息苦しくなるため、窓を開けたり閉めたりして気分転換を図るようにしました。頭痛、胃痛、果ては腸まで痛くなり下痢をすることもありました。できるだけ窓を開け、外に出て深呼吸をしました。

四月二日（月）

四月に入り、系列の派遣会社から山本さんという男性が来ました。しかし、たった一日で仕事が大変だとか細かいとか言って、断ってしまいました。私は次の日、山本さんと会う約束をしました。他の派遣会社のことなどを聞きたいと思ったからです。

山本さんからは、仕事のことや待遇についてなど色々と教えてもらい、貴重なアドバイスを受けることができました。

また、山本さんと入れ替わりに系列の派遣会社から辻さんという男性が来ましたが、彼は山本さんから事情を聞いていたのでしょうか、こんな仕事はできない、とやはり引き受けなかったようです。

このように松山さんの後任は、なかなか決まりませんでした。しかし、四月は有限会社の決算で忙しい月のため、結局私は辞めることができず、そのまま勤務を続けることになりました。

このままではやっていけないと思い、私は社長と派遣会社へそれぞれ次のような提案をしました。

A不動産への要求
現金取り扱い料として月額五万円を直接支払っていただきたい。
事務所の改造をすぐ実行していただきたい。

派遣会社への要求
時給を大幅にアップしていただきたい。

四月十六日（月）

四月中旬に入り、草山栄子さんという派遣社員が来ました。
彼女は岩手県で仕事をしていたが派遣社員の方が時給が高いから東京に出てきたと言い、「こんなに高い時給がもらえるなんて」と喜んでいました。そして、今まで伝票など見たこともないし、事務員として勤めるのも初めてだと言うのです。

四月十八日（水）

先日の私の提案を受けて、事務所を改装することになりました。
工事関連会社の人が、室内の色々な箇所の寸法を細かく測ったり、社長に色々と説明をするために来社しました。

この後、工事関連会社の人が、たびたび来社するようになりました。しばらくすると、図面や見積もりが郵送されてきました。社長がようやく重い腰を上げたことにより、これで汚れた空気の中、気分が悪くなりながら仕事をしなくてすむ、と私はほっとしていました。

ところが、実は社長には事務所の改装をする気など、なかったのでしょう。見積もりをとっただけに終わり、後に改装に着工することはありませんでした。

四月三十日（月）

Ｂ有限会社の法人税の申告。

派遣会社の板橋さんは、なかなか仕事ができる人がＡ不動産へ派遣される可能性がないため、せめて仕事を簡単にするようにと私に言うのでした。

六月二十八日（木）

改築工事をしていたギャラリーも工事が完了し、開店祝いが行われました。赤坂の料亭から料理を取り寄せて、店内に商品を並べながらの盛大な祝宴でした。

ギャラリーは請負会社で、最新の空調設備が整った部屋に大きな花器に盛大に花を飾ったりと贅沢な作りでした。原宿の花屋の職人さんが飾ったものですから、それは見事な見応えあるものでした。

私はお茶さえ自由に飲めない一方で、請負業者となっているギャラリーの人達は、何でも自由に買ったり使ったりしていました。時には社長を始め、趣味同好会のようなメンバーの作品を何日か陳列したりして、終了すると打ち上げ会と称して盛大な会を催し、デパートでたくさんの御馳走を買い求めては楽しんでいたようです。

なぜ私がそのことを知ったかというと、ギャラリーの人が親切に「昨日のものですが」

と、たくさん買って残ってしまった食べ物を持ってきてくれたからです。持ってこなければ知らずにすんだものを、あきれるやら悔しいやら、とても複雑な気持ちになりました。私は区役所や税務署へ行くのにも歩いて行きましたが、ギャラリーの人達はどこへ出かけるにもタクシーを使っていました。

ギャラリーは請負会社ということで、こんなにも待遇が違うのかとつくづく感じました。赤字続きにもかかわらず、華々しく飾られた立派な花を見るたびにむなしさを感じる日々でした。

私が担当したギャラリーの仕事は、一つ一つ在庫調整が必要でしたから大変でした。扱っている商品は陶器で、仕入れしてもあまり売れず、在庫が増す一方でした。来客もあまりなく毎月赤字で、ほとんど売上はなかったようです。

このように仕事がどんどん増していくのに時給が上がらないのはおかしい、派遣会社と話をしたいと思ったのですが、社長は派遣会社の営業担当者が来社しても、就業時間中に話をしてはいけないと言うのです。終業時間外に話をしろ、ということなのでしょうか、全然時間を与えてもらえないのです。また、派遣会社と何度話し合っても進展がないと思い、社長に直接言うしかない、と決心しました。

七月二日（月）

ギャラリーが開店し、私の仕事はますます増えました。というのも、事務処理や在庫商品などの一際の仕事を私が担当することになったためです。ギャラリーのスタッフは何の経験もなく、伝票の書き方からすべて指導しなくてはなりませんでした。ギャラリーはA不動産とは関係ない請負会社であり、私は派遣社員ですから本来何も教えたりしなくてもよいのですが、A不動産の経理部には正社員が一人もいないため、結局は私が一部始終教えたり、指導しなくてはなりませんでした。

社長は仕事の細部について把握していませんから、私がどんな仕事をしているか全くわかってもらえず、毎日クタクタでした。ギャラリーはどんどん商品を仕入れるため在庫は増える一方でしたから、帳簿の整理や在庫の確認など、契約外でありながら考えられないほどの仕事量に、私は参っていました。

あまりにも仕事が大変だったので、仕事の件で話があると社長に相談したところ、五時過ぎに話すようにと言われてしまいました。勤務時間内には受け付けないと言うのです。

七月三十一日（火）

A不動産の決算。法人税確定申告をしました。

草山さんは忙しい時期に来て、経験もない仕事ながらも残業までして、一生懸命働いてくれました。さぞかし大変だっただろうと思います。

八月二十日（月）

A不動産の税務調査がありました。

この頃になると、派遣会社の板橋さんは、「山崎さんに派遣会社の取り分までお支払いしてもいいと思っています。いっそ、A不動産の社員になってしまった方がいいかもしれませんね」などと言うのでした。

八月二十二日（水）

次年度の決算から新藤さんという方が顧問税理士を務めてくれることになりました。

八月三十一日（金）

派遣社員の草山さんが退職。

未経験者の草山さんに、私は一生懸命仕事を教えました。しかし、しばらくして仕事をすっかり覚えてしまうと、「こんな環境の悪い所にはいられない、病気になってしまう」と言って辞めてしまったのです。

おまけに「今度は経理事務ができるから、もっと高い時給がもらえるかもしれない」などとも言うのです。こんなに環境が悪い事務所では、誰だって辞めたくなるでしょう。

九月十七日（月）

草山さんの後任として派遣されてきたのは、黒田富子さんという既婚者でした。

彼女も仕事は何もできませんでした。派遣会社は、どうやら他の会社では通用しないような役に立たない人ばかり連れてくるのでした。


翌週、クーラーが故障してしまい、黒田さんは具合が悪くなり、よく休むようになりました。残暑が厳しかったせいもあるのでしょう。黒田さんに休まれると私は大変だったのですが、そんなこと平気なようで勝手に休んでいるのでした。

黒田さんは私の言うことなど聞かず、自分勝手に仕事を進める人で、大変扱いにくい人でした。私もあきらめて好きなようにやらせていました。しかし経理がわかっていない黒田さんに帳簿を渡すわけにもいかず、私の仕事量の多さは変わりませんでした。

前に松山さんがいた時と同じように、いつも暇な沢田営業部長が「お茶がほしい」などとよく電話をかけてくるので、黒田さんはすぐいなくなってしまい、社長が出かけていない時は、黒田さんは営業部の部屋に出かけたまま、いつまでも帰ってこないのです。

しかし、たとえ何も用事がなくても、黒田さんにはいてもらわないと困るのです。私は経理の仕事で忙しい一方で、本来黒田さんがすべき家賃を持ってきたマンションの住人達の応対もしなければならず、大変でした。

十二月三日（月）

時給が千九百円にアップしました。

第六章　平成三年　退職

一月七日（月）

仕事始め。

一月三十一日（木）

A不動産の中間決算の申告、A不動産とB有限会社の給与等支払調書の提出、固定資産台帳（償却資産）の提出等で渋谷税務署、区役所、都税事務所等へ。

事務スタッフの黒田さんは、暖房が効かない事務所の寒さが相当体に響いたようでした。夏と同じように、忙しい時期にもかかわらず、突然休んでしまうのでした。
この頃、朝の始業前、昼休みの間、午後三時過ぎ、来客があった時などに頻繁に空気の入れ替えを行いました。また、気分転換に事務所を出て深呼吸や体操をしたりしましたが、忙しくてできないこともありました。

二月五日（火）

一月の忙しさのせいか、二月に入り、また体の調子が極度に悪くなりました。指が痛くて字を書くのが大変でしたし、眼も痛くなりました。今から思えば、この頃から異変が始まっていたのでしょう。

三月十八日（月）

契約の更新や昇給などについて話し合うため、派遣会社渋谷支店の担当者、板橋さんが来社。

しかし、外出から戻った社長は、私が板橋さんと話をしているのを見て、「就業中だから話をしないように」と厭味《いやみ》を言うのでした。

三月二十一日（木）

眼が痛くて開けていられない状態になりました。目薬を買いました。

四月一日（月）

派遣会社に何度も交渉した結果、板橋さんは四月から時給を大幅アップすると約束したにもかかわらず、Ａ不動産との交渉がうまくいかなかったということで、時給アップはなし。今度こそ解決すると期待していましたが、結局は時給も変わらず、仕事内容の指示書、契約書は来ませんでした。

黒田さんは四～六月までの契約を交わしました。

四月三十日（火）

Ｂ有限会社の決算、確定申告で忙しい毎日でした。
五時以降は、応接室の窓と入り口のドアを開けて残業をするようにしました。

五月十五日（水）

体調不良が続くため、Ｅ大学附属病院内科へ。血液検査で異状が出て、専門の先生へ回されました。白血球が正常値に比べて少ないということでした。

これまで以上に苦しい毎日でしたが、とにかく仕事は続けてきっちりこなしていくことしか考えられませんでした。この後も、一週間に一度、通院しました。

五月三十日（木）

Ａ不動産の決算日。決算の整理と次期帳簿への切り替えなどをしました。

六月十五日（土）

左眼に異状（飛蚊症）が出たため、E大学附属病院、眼科へ。

E大学附属病院、内科へ。

六月十八日（火）

E大学附属病院、耳鼻咽喉科で検査を受ける。

六月二十二日（土）

E大学附属病院、耳鼻咽喉科と眼科へ。

耳鼻科での検査の結果、感音難聴だから補聴器を使わないといけない、もう治らないと先生から言われました。

七月三日（水）

Ｅ大学附属病院、眼科へ。

七月は決算で忙しい毎日でした。体中が痛くてどうにもならないのを我慢しながら、一人で確定申告書の作成をしていました。会社で一生懸命仕事をしても間に合わないので、家へ持ち帰り、徹夜で書類の計算やら作成をする日々が続きました。

これ以上、このまま仕事を続けるわけにはいかないと、この七月末の決算が終わったら辞める旨を社長に伝えました。

七月十日（水）

Ｅ大学附属病院、内科へ。

内科の先生から、リウマチの症状が出たから大変だと言われました。

原因を尋ねると先生からは、

「症状を直すのが先決で、原因をどうのこうの説明する時間はない」

と怒られました。

飲み薬とはり薬とぬり薬を出されましたが、薬を飲むと胃が痛み出すということで、
胃薬も渡されました。

七月十二日（金）

Ｅ大学附属病院、耳鼻咽喉科へ。

七月十六日（火）

家に帰ってから激痛が走り、右肩関節周囲炎になりました。

七月十七日（水）

Ｅ大学附属病院、整形外科へ。

痛み止めの注射とはり薬、飲み薬、ぬり薬等をもらってきました。

七月二十四日（水）

Ｅ大学附属病院、整形外科へ。

七月二十五日（木）

この日の最高気温三十四度。しかし事務所内の温度は九度で寒くて気持ちが悪くなりました。

七月二十六日（金）

Ｅ大学附属病院、耳鼻咽喉科へ。

七月三十日（火）

法人税確定申告書提出。渋谷税務署、都税事務所へ。

七月三十一日（水）

納税のため郵便局、銀行へ。すべての株式会社の仕事を終了しました。

この七月の決算を終え、ようやくA不動産を辞めることができました。最後まで社長からは、「御苦労様」の声さえかけてもらうことはありませんでした。しかし、私は仕事を終えたことと、もう二度とこの会社に来なくてよいのだと思うと、ほっとしました。

派遣会社の登録は続けたいと思いましたが、腕が痛く、ペンを握ることもできない状態が続き、仕事はできませんでした。後日、派遣会社から、派遣元の退職届けの用紙と飯田橋職安の離職票が送られてきました。退職後、雇用保険を受給しました。

しかし、これからが大変でした。

耳が聞こえなくなってしまったし、目は痛いし、腕は手の指先まで痛むのです。最もつらかったのは、毎日夜眠れなくなってしまったことで、神経内科に通いました。それだけでなく、内科、整形外科、耳鼻科、眼科と忙しい病院通いが始まりました。

大規模な国立の総合病院へも行きましたが、一日がかりで待つだけでもくたびれてしまい、最新の器械での検査や治療ということになり、本当に大変でした。

第七章　平成四年　労災を申請

平成四年六月、私は労災を申請することを決意しました。

私は現在でもリウマチの薬を飲んでいますが、薬を飲まないと体中の関節、背中と肩と膝と手首の関節が痛くなります。また、シエーグレン症候群とも診断されました。これは唾液や涙が出ない症状のことをいうのだそうです。

そうした症状の原因は、間違いなくA不動産の事務室の酸素不足と、空調機や新しいファクス、コピー機から排気されるガスによる部屋の空気の汚染に長年にわたってさらされたからとしか思えません。

今から思うと、松山さんの耳が遠くなったのも、私の前にいた田村さんが病気入院し死亡したのも、派遣先の社長が薬を飲んでいる原因も、全部事務室の環境が原因だと思います。

また、現在では難聴に関する治療は受けていませんが、正常でも年をとると聴力が低下するので補聴器をつけた方が良いと指示を受け、今は補聴器を使用しています。

おそらくギャラリーの改築工事の音が原因で難聴になったのだと考えています。松山さんや後任の女性派遣社員の人達は、工事の騒音がし出すと守衛室や別棟の沢田さんの所へ逃げていきましたから、全くわからないと思います。

私は人並以上に健康でしたし、風邪をひいたり、胃腸薬を飲むということは、以前はありませんでした。しかし、A不動産に派遣されてから、みるみるうちに体調を崩してしまいました。仕事量や拘束時間は、これまで派遣された以前の会社では経験したことのないほど苛酷なものでした。

しかし、労働監督署による調査の結果、信じられない通知がきました。

「業務外疾病と認定いたしたい」

つまり、A不動産の環境が原因で私が病気になったのではなく、私の素因が病気を引き起こしたというのです（詳しくは第二部で後述）。

平成四年六月に提出した労災に関する書類を申請し、色々と個々の問題点を通して、何回も事情聴取や病院などの電話聴取があったにもかかわらず、実施調査というか現場検証が行われなかったのは非常に残念でなりません。他の何よりも大事な、しかも一目瞭然で解決につながる検証をせず、A不動産の社長の言うことを鵜呑みにしてこの事件に終止符を打ったことで、労働省（現厚生労働省）は満足なのでしょうか。長い年月を経てこれまで苦労したことが、単なる時間の浪費で終わってしまったことをくやしく思います。

第八章　再審要請、そして全部不支給決定

平成四年に労働基準監督署へ労働保険審査請求書を提出し、平成九年までに三度にわたり審査請求申立追加書を提出しました。その結果、平成十年五月二十八日、労働保険審査会は私に対する労働保険の労災を取り消すとの決定を下しました。

私はA不動産に派遣されたために、数えきれないほどの疾病を抱えることになったのです。それ以前に派遣された四十以上の会社では何の障害も受けておりませんし、問題点は全くなかったということは、派遣会社も十分承知のはずです。健康一番で通して働いて参りましたから、原宿のA不動産の環境がいかに悪かったかがわかります。A不動産の仕事量や環境が原因で病気になったのは事実ですから、認定されるのが当たり前と

思っていました。また、私は病気だけで済みましたが、実際問題として三人もの男性が死亡しているのです。労働省はどう考えていたのでしょうか。それとも、三人も死亡していることすら聞いていないのでしょうか?

私は本当に疲れました。辞めてからも毎日のように病院通いで、夜は眠れない日々の連続でした。全く眠れないのです。

内科でリウマチの薬をもらい、薬の飲みすぎで胃潰瘍にもなりました。内科の先生が紹介してくれた医師からは、「うつ状態」と診断されました。これは就労中の数年にわたるストレスが発症に関与している、ということでした。薬も、以前とは全く違うものをいただきました。

夜は眠れないため、一晩中ラジオをつけて夜から朝まで過ごします。昼になれば少し眠れるのですが、目が痛くて何もできず、毎日ただぶらぶらしているばかりでした。

毎晩ラジオを聞いているので、どのような番組をやっているのかを覚えてしまいました。

三年間位は全く眠れませんでした。少しずつ眠れるようになると、とても嬉しかったです。

ラジオから流れてくる放送の言葉を今でも柱に貼ってあります。

人生は後を振り返らず、今日が始まりと思って切り開いていく
いいことがあると信じて生きていく

平成五年七月二日　深夜放送より

夜の放送を聞いていると本当にいいことがたくさんありました。医師は、私が眠れないと言うと、次から次へと新しい薬を出してくださり、最終的には決定打ともいえる薬をくださって、良くなっていくのがはっきりわかりました。こうしてA不動産を辞めて六、七年ほど経ってから、ほぼ眠れるようになりました。

あまりにも悔しくて時々思い出してしまうのですが、A不動産の社長は毎日紺の背広を着て白いワイシャツを着ていましたが、ギャラリーが完成してからは、新しい背広を着用しピンクやブルーなどのワイシャツを着てくるようになって派手なネクタイをして出社してくるのでした。

赤字続きのギャラリーはどうしているのでしょうか?

早く過去のことは忘れて楽しい日々が送れるように努力していこうと思います。

朝は早起きして六時半からのラジオ体操をしに、春は桜が満開になる桜山で、桜の大木が何十本もある平たんな場所へ出かけるのです。

そこで体操をし、次に自彊《きょう》体操をして朝食を済ませます。

第九章　平成十五年　そして今

平成十五年三月の今も、整形外科に毎日通って電気療法と飲み薬を飲んでいます。また、眼を開けているのが苦痛で、眼科でも薬をいただいて毎日使っております。でも以前は全く字が書けないほど痛かったのですが、今はずっと良くなり、乱筆ですがようやく字が書けるようになりました。

新聞は毎日配達されていますが、ほんのちょっとだけしか読みません。テレビを見ていても眼が痛くなるため、ニュースなど、どうしても見たい番組しか見ていません。眼も他もそうですが、労災申請から十三年も経っていて、いつ終止符が打たれるのかわかりません。私にとってはまさに災難になってしまいましたが、こうして生きていられるだけでもありがたいと思い、毎日を大切に過ごしていきたいと思います。

現在も、眼科と整形外科、神経内科へ通っております。

こうしている今も、眼が痛くて、やっと開けて書いている状態です。

夜はよく眠れるようになりました。

第二部　労災申請の記録

第一章　労災保険について

平成四年七月に労働者災害補償保険、療養給付たる療養の給付請求書を作成して提出しました。そして、国立病院の医師に質問したり医療費用を全部調べた結果、次のような通知がありました。

一　業務上外の認定について

平成四年九月十四日療養補償給付請求書を提出した山崎春子にかかわる標記については調査の結果、下記により業務外疾病と認定いたしたい。

記

本件は作業環境が原因で発生したものとは解されず、潜在していた本人の素因が自然に増長し通常の業務の過程において発生したものと判断されるので業務に起因する疾病とは認められない。

二　労働保険審査会担当官職Ｋ氏の意見

私の療養補償給付請求書を受理した私にかかる標記については調査の結果下記により業務外の疾病と認定したい。

記

本件は作業環境が原因で発生したものとは解されず、潜在していた本人の素因が自然に増長し、通常の業務の過程において発生したものと判断されるので業務に起因する疾病とは認められない。

（注：以上のようなことを言っているが、実際に以前から幾社もの業務を経て、こんな険悪な状況の職場はなかったと思う）

三　災実の発生状況

派遣先の狭い事務所内に冷暖房設備があり、換気設備や窓がなく、新鮮な空気が供給されず、排気も事務所内に放出されていたため、酸素欠乏症の症状が発生した。

機械（空調機）が常に故障し、冬は寒く、夏、冬異常な温度の中で仕事した。事務所の直下で改装工事をし耐えられない状況の中にいた。

平成三年三月二十一日両眼が痛くなり、六月十三日飛蚊症が発生し、七月十六日右肩の炎症が発生した。

（注：所属人材派遣会社では定期健康診断の案内を通知し実施しているというが、私は一度も受けていない）

四　健康保険診療報酬明細書について

定期保険診断の履歴がないため、請求人の健康状態を確認すべく厚生部国民保険課に健康保険診療報酬明細書の交付を依頼したところ、平成五年十月七日付厚国収第×××—×号にて提出依頼には応じられない旨の回答があった。

（注：こんなことまでして調べても私は何の病気の経歴もありません。健康そのものでした）

五　請求人の派遣先での業務

派遣職種は経理事務であり、契約書上は、経理関係となっている。

派遣先での実際の業務内容
法人税の確定申告
年末調整及び給与支払調書
決算
貸事務所の家賃の入金
伝票・帳簿の締め
支払予定表の作成
資金繰り
得意先及び公共料金の支払

給与の現金支払

法人会、研修会の出席

であることが平成五年二月二十二日受付の「請負先企業の報告書」で認められる。

以上の他に、別法人B有限会社の経理関係と一階のギャラリーの帳簿の仕事があることが、同報告書で認められ、これらの仕事が契約外のものであったことが請求人聴取書の中で述べられている。

請求人の派遣先での作業環境について

入居ビル九階建

一階と二階　貸事務所

三階以上貸マンション

二階は二〇一号～二〇五号まで五室あり、うち二〇一号に当会社が入居している。所有者二〇一号室（事務所）は社長室十三・三帖、応接室四・三帖、空調室五・三帖、事務室十・五帖からなり、応接室と事務所は天井から五十センチ程空けて仕切され間に廊下がある。

事務室には請求人を含め、派遣員二人が勤務する。

請求人は経理事務で他の者は一般事務で派遣されている。

請求人の机の前にはファックスが置かれ、もう一人の机の傍にコピー機が置かれ二人の派遣社員は机の位置を離して仕事をしている。

照明は四十Wの蛍光管二本の蛍光灯が四つ天井から吊り下げられている。

空調機は××—×××型のパッケージエアコン冷房専用を暖房にも使える仕様にしてあるが、換気する型ではない。

冷房能力は二千七百カロリーで五十四坪相当の冷房能力がある。本機は二〇一号室の空調室に設置され、一階と二階の全事務所の冷暖房をしている。二〇一号室の事務所の天井には二ケ所の空気の吹出口がある。他に排気用の吹出口が事務室の天井にある。

空調機の音は少し高めであるが、会話に支障があるものではない。

事務室の温度については冬場は暖房しても十三〜二十度にしか上がらず、午前中は手がかじかんでペンが持てない。

椅子の上に正座して膝かけをし長袖のシャツの上にブラウスとセーターを着、更にその上にカーディガンを着て仕事をしていた。

夏は冷えすぎて九度位になることがあった。

夏、冬通して空調がまともに作動したことがない。

以上のことを請求人聴取書の中で述べているが、これに対し同僚の松山社員は一般に、室温は低めであったが我慢できないほどのものでないと聴取書の中で述べ、又平成四年十月二十九日の請負元の提出の報告書によれば同じく同僚社員の黒田社員は冬は多少寒い位であるが、夏は問題ないと述べている。

ギャラリー改築工事について

九階ビル一階部分の一部をギャラリーに改築する。二〇一号室の階下に当たる部分である。

工期は昭和六十三年夏からで平成二年六月二十八日に竣工したが、請求人は難聴になった原因として訴える。コンクリート工事について、その工期が約一週間位と記憶するだけで詳しい工期や工事時間帯、騒音の時間帯や騒音の正味時間等は不明である。

騒音の程度は音が響いて机に向かって仕事ができず、頭の中に腫瘍ができたかと思うほど痛かったと述べ、松山社員も工期等については定ではないが、騒音については多少うるさいようではあったが字が書けないようなものではなかったと述べている。

（注：毎日事務所にはほとんどいなかった松山さんは、騒音についてはほとんどその実態を知らないはずです）

請求人の症状の発症経過

昭和六十一年一月九日　株式会社へ派遣される。

昭和六十一年二月　のどが渇き、頭が痛くなる。

昭和六十一年六月　眼が痛くなる。

平成元年一月　出社すると腹痛、吐き気、下痢。

平成元年二月　内科検診、手の指や足に痛み。

平成元年四月　のどにものがつかえる。話をすると舌が縺れる。

平成二年三月　肩が痛くなる。出社すると息苦しい。頭痛、胃腸痛、下痢。

平成三年二月　体調が極度に悪い。

平成三年三月二十一日　目が痛くて開けられない。

平成三年五月十五日　内科へ。

平成三年五月二十一日　内科へ。
平成三年五月二十九日　内科へ。

以上のことが平成五年二月二十二日受付のA不動産株式会社の記録（昭和六十一年一月九日～平成三年七月三十一日　六年間）の中に述べられている。

請求人の診療履歴

平成三年五月十五日（内科）胃潰瘍
五月二十一日（内科）胃潰瘍
五月二十九日（内科）胃潰瘍
六月十三日（内科）胃潰瘍、関節痛
六月十八日（耳鼻科）両感音難聴

六月二十日（眼科）びまん性表層角膜炎、生理的飛蚊症、後部硝子体剥離、近視
六月二十日（耳鼻科）両感音難聴
七月三日（眼科）びまん性表層角膜炎、生理的飛蚊症、後部硝子体剥離、近視
七月十日（内科）胃潰瘍、関節痛
七月十二日（耳鼻科）両感音難聴
七月十七日（整形）右肩関節周囲炎
七月二十四日（整形）右肩関節周囲炎
七月二十六日（耳鼻科）両感音難聴
八月（眼科）びまん性表層角膜炎、生理的飛蚊症、後部硝子体剥離、近視
八月（整形）右肩関節周囲炎
八月（耳鼻科）両感音難聴
八月（内科）関節痛
九月（眼科）びまん性表層角膜炎、生理的飛蚊症、後部硝子体剥離、近視

九月十二日（内科）腰痛症
十月十七日（内科）慢性肝炎、筋肉痛、慢性関節リウマチ
十一月（眼科）びまん性表層角膜炎、生理的飛蚊症、後部硝子体剥離、近視
十一月（内科）慢性肝炎、筋肉痛、慢性関節リウマチ
十一月（耳鼻科）両感音難聴
十二月（眼科）びまん性表層角膜炎、生理的飛蚊症、後部硝子体剥離、近視
十二月（内科）慢性肝炎、筋肉痛、慢性関節リウマチ

平成四年一月（耳鼻科）両感音難聴
二月（内科）慢性肝炎、筋肉痛、慢性関節リウマチ、腰痛症
二月（眼科）近視、生理的飛蚊症、後部硝子体剥離、びまん性表層角膜炎
四月九日（眼科）びまん性表層角膜炎
四月九日（内科）慢性関節リウマチ、シエーグレン症候群、感音性難聴

四月十五日（内科）慢性関節リウマチ、シエーグレン症候群（耳鼻科）感音性難聴
五月七日（内科）慢性関節リウマチ、シエーグレン症候群（耳鼻科）感音性難聴
六月四日（内科）慢性関節リウマチ、シエーグレン症候群（耳鼻科）感音性難聴
六月四日（眼科）びまん性表層角膜炎
七月二日（内科）筋肉痛、慢性肝炎、慢性関節リウマチ、胃潰瘍、膠原病、腰痛症
七月二日（眼科）近視、生理的飛蚊症、後部硝子体剥離、びまん性表層角膜炎

以上のことが「療養費用請求書」及び「療養の給付請求書」より確認できる。

請求人と派遣元との交渉

請求人は派遣元に派遣社員として登録されて以来、昭和六十一年A不動産株式会社に派遣されるまで延べ四十数社に派遣されたことが事業所提出の派遣経歴より確認できる。

一般事務として派遣されたこともあるが、ほとんどは経理事務として派遣された。

請求人はA不動産株式会社の経理を担当するため、昭和六十一年一月九日に派遣され、とりあえず、一月末までに決算に間に合わせるように派遣元より指示された。

これまで決算は通常、元帳、出納帳、補助簿等を締め、バランスシートを作るところまでであったが、派遣先の場合は、派遣社員を指示する社員がおらず、派遣先社長も経理に明るくないため請求人が決算書を作成し申告することまでしていた。

また給与支払調書作成や年末調整もしていた。これらは、これまでの派遣業務になかったもので、請求人には契約外の仕事であったため、仕事と時給が見合わないと考えていたことやこうした時給に対する不満が強く、以後請求人より派遣元に対して強く働きかけていたことが確認できる。

派遣元事業所聴取書の中でも請求人からの時給アップの要求があったことが認められる。

昭和六十一年一月末の派遣期間の更新の際は派遣先事務所の環境が悪いことや仕事の

内容と時給が合わない等の理由で断ったが、時給の大幅なアップや決算料の作成料を穏便な形でもらうために引き続き株式会社に派遣されることを承諾した。

当初仕事の内容と時給の件については派遣元の山田担当と何度となく話したが、話の進展がなく、昭和六十二年八月二十七日に渋谷支社だけではなく、本社人材開発部専門部長富沢氏に会って相談した。

また、派遣元関東営業部新宿営業課マネージャーの山本正子に相談したり、九月三日には山本マネージャーが請求人、山田と同僚の松山と四人で会食をもうけたりした。

更に、九月二十一日には本社の福本チームリーダーに相談した。

十月に担当が山田から後藤に替わったが、状況が進展しないため、昭和六十三年十一月二十六日営業本部の杉山本部長に最終的に相談した。

以上のように請求人の方から積極的に派遣元に働きかけていたことが聴取書より確認できる。こうした請求人の要求に対して派遣元は平成二年と平成三年に規定外の賃金アップをしたことが、事業所聴取書より確認できるが、その理由については確認できないとしている。

請求人は株式会社に派遣されて以来その作業環境について請求人の勤務する事務室が十帖ほどに間仕切された室で同僚の派遣社員と二人で事務をとり照明は四十Wの蛍光灯が二本一組の蛍光灯が四灯あるが、蛍光管が古くなって新聞が読めないほど暗くなり、机の位置を移動したりした。そのために視力が落ちメガネの度をかえたりしたと述べている。

一階と二階の事務室を冷暖房する空調機本体が請求人のいる二〇一号室に設置されていたが許容量が小さく冬場の暖房能力が低いため室内の温度が二十度位しか上がらず厚着をしていたが、手が悴かみ午前中はペンが持てない。空調機本体が換気タイプでないため、室内にほこりやＦＡＸとコピー機から出る排気や人体から出る塵埃が室中に蔓延し、更に酸欠をおこし、病気になったと聴取書の中で述べている。

しかし必要に応じて事務所から出て深呼吸をしたり、窓を開けて換気していたことを「派遣労働者の日記」の中で述べている。

職場でのお茶も朝、昼、三時の各一杯だけで、これ迄の派遣先のように自由にお茶を飲むことができなかった。そのため唾液腺や涙腺がかわき、ひいては体がかわいた状態になったと述べている。

昭和六十三年夏から二〇一号室階下の一階でギャラリーの改築工事があり、そのうちコンクリート工事について工事期間や時間帯、正味時間の明確な記憶がないが工事の騒音は入居者から苦情がくるほどで、頭の中に腫瘍ができたかと思うほどで、この頭痛が原因で難聴になったと訴えているが、こうした作業環境面について請求人から派遣元へ苦情は出していない。

派遣元事業所も報告は受けていないと述べている。

同僚の派遣社員であり、請求人より先に一般事務として派遣された社員で、勤務年数も六〜七年と請求人より長い勤務歴のある松山順子は「室のわりには照明は暗く、間仕切をはさんで窓があるため換気の面はよくなかったが自由に窓は開閉できた。空調による暖房も低めではあったが我慢できない程でなく、空調機の音も会話に支障はない。ギャラリー改築工事の音も時期や時間は記憶していないものの字が書けないようなことはなくこうした作業環境で体調をくずしたり、病気になったことはない。又請求人がそれが原因で病気になったと聞いたことがない。作業環境について派遣先や派遣元に苦情を言ったことはなく、劣悪な職場ではなかった」と聴取書の中で述べている。

請求人が辞めた時同僚である黒田富子社員は派遣元の聴取に対し「冬は多少寒い位だが、夏は問題ない。請求人は換気に病的なくらい神経質で冬でもよく窓を開けていた。換気、空調を原因とする病気にはかかっていないと思う」と述べている。

請求人はこうした作業環境の他に派遣先の待遇面や人間関係に強い不満があったことが認められる。

お茶の時間や量が定められ、自由に飲めなかったことや松山社員が指示通りに動かなかったこと、松山社員の後任の派遣社員の事務能力の低いこと、派遣先の社長がギャラリーの受付スタッフには好待遇であるのに対し、請求人には仕事に対する慰労がなかったこと、以上のことが、請求人聴取書の中で認められる。

平成五年十一月三十日提出の派遣元事業所の調査書によれば、請求人は同僚社員に対する不満があり、とくに松山社員に対する不満が強く、双方が向かい合って話し合ったことが認められる。

松山社員によれば、請求人は自分流でなければ気がすまない性格で、請求人とは水と油の性格で双方相容れず感情的になることもあり、仕事を続けることが困難であったと述べている。

派遣先の社長も、請求人は同僚の社員とぶつかることが多く、派遣社員が長くいつかないと述べている。

派遣先の社長は朝出社するとすぐ外出して夕方までは戻ってこないことが多かったので、松山社員は毎日仕事をしないで、遊び歩いて事務でみっちり仕事などしたことがない。前の死亡した経理部長のやり方では請求人は仕事をせず、請求人の理想的で的確な仕事のやり方に変更してからは、松山社員の仕事だった帳簿を渡そうとしても受け付けなかった。請求人にすべての負担がかかり、新しく変わった派遣社員に前の人がやっていなかった仕事をさせようとしても誰もやらなくなってしまった。

本当に毎日毎日疲れ切っていた。

平成五年九月十日受付　E大学医学部附属病院眼科M医師の意見によれば、

労働者氏名　請求人（五十九歳）

復病名

①びまん性表層角膜炎

②後部硝子体剥離

主訴及び自覚症

①両眼異物感

②左眼飛蚊症

依頼事項にかかる意見

1　初診時の病評・自覚症状

①両眼異物感

②左眼飛蚊症

2　他覚的所見及び検査成績

①びまん性表層角膜炎

②後部硝子体剥離

3　治療内容及び治療経過

①点眼治療中

②無治療

4　現症状

①両眼異物感

②両眼飛蚊症
右眼は一九九三年に出現した。
5　基礎疾病、素因の有無及び本症との関係
①環境設備等が原因の可能性もあるが断定できない
②これは加齢によるものであり、環境には関係ない
6　被災者の業務内容と本症発生との医学的因果関係
①因果関係のある可能性もある
②加齢によるものである
7　その他
と述べている。
同じ平成五年九月十日受付　E大学医学部附属病院内科I医師の意見によれば、

労働者氏名　請求人（五十九歳）

主訴及び自覚症

①胃潰瘍

②慢性関節リウマチ（関節痛肩関節周囲炎を含む）

③慢性肝炎

依頼事項にかかる意見

#1　一九九一年五月胃透視にて小さなニッシエあり診断、粘膜保護剤とH2レセプター剤にて治療、その後の検査では劣悪な環境下で労働させられたというストレスや低酸素状態があったとすれば、それが原因で発症することも十分考えられる。

#2　RA因子は陽性だが、滑膜の炎症を示唆する所見はなく診断は微妙なところと考える。

現在非ステロイド系消炎鎮痛剤によって治療、症状の軽快と共に薬を漸減中、一般に慢性関節リウマチは肉体的及び精神的ストレスが増悪因子であり、発症のきっかけになりうると思われる。

また、平成五年十一月十五日付、E大学医学部附属病院耳鼻咽喉科O医師の意見によれば、

労働者氏名　請求人（五十九歳）
負傷発病年月日　不明
負傷の部位及び傷病名　両耳感音性難聴

依頼事項にかかる意見
当科初診平成三年六月二十日この時の検査にて両側の感音性難聴を認めた。

平成五年十一月十五日当科を最診再検査にて前回と同様の難聴を認めた。この難聴に関しては原因不明である。勤務先の環境設備等の不良と本難聴については因果関係不明である。

以上の認定とE大学医学部附属病院医師意見書を提示し説明の上、東京労働基準局医員W医師に意見を求めたところ各傷病名は何れも本人の素因によるものと考えられる。よって業務外と述べている。

調査官意見

請求人は派遣元渋谷支店の派遣登録社員として昭和六十一年一月九日より派遣先へ経理事務として派遣された。

請求人は派遣先事務所の作業環境が原因で両眼の痛みと飛蚊症、右肩の炎症、関節リウマチ、感音難聴等を罹病したため当初健康保険で治療を受けていたものを労災に切り替えて請求したものである。

請求人は聴取書及び「派遣先の記録」「派遣先の報告書」の中で派遣先事業所の事務室が狭い上に暗くほこりっぽいこと、換気できないため、ほこりやコピー機などからの排気ガス、人体から出る塵埃が室中に充満し酸欠状態になったこと、空調機の許容量が小さいため暖房能力が低く寒くて仕事に支障があったこと、ギャラリー改築工事のため難聴になった等訴えているが、これら作業環境については請求人からは派遣元に訴えておらず、それにより罹病したことの報告もしていない。

請求人が派遣先に訴えていたことは仕事とそれに見合う賃金を得ていないことや、契約以外の仕事に対する報酬の要求であることが請求人及び事業主聴取書で確認できる。

また派遣先での人間関係が円滑にいかなかったことが、事業所提出の資料や同僚の松山社員及び派遣先事業所社長の聴取書で確認できる。

派遣元と派遣先は昭和五十七年から派遣契約を結んでいるが、これまで派遣された社員に請求人のような症状を訴える者はいない。またギャラリー改築工事に関する騒音についても同僚社員は症状を訴えていない。

（注：同僚社員の松山さんは、これまでにも述べてきたように、昼間は社長がいないこともあり、工事が始まると外出してしまい、毎日遊んでいて仕事などしていませんでした。このようなことを、私の口から社長へ伝えるようなことはしなかったため、私ばかりが悪者になっているのでしょう）

同僚社員の聴取書において、派遣先が劣悪な作業環境ではなかったものと思料される。

E大学医学部附属病院眼科M医師によれば、びまん性表層角膜炎は環境設備とは断定できないと述べ、後部硝子体剥離については加齢現象であることが確認できる。

また同内科I医師によれば、胃潰瘍や慢性関節リウマチについては、劣悪な環境下で労働させられているというストレスが原因となりうると述べているが、他に派遣社員から劣悪な環境を訴える者はなく、それが原因で罹病した者はいない。

更に同病院耳鼻咽喉科O医師によれば難聴に関しては原因不明であり、勤務先の環境設備との因果関係は不明である。

以上の観点から勘案すると東京労働基準局医員W医師の意見に述べられているように請求人の訴える傷病名は本人の素因によるものと思慮され、業務に起因するものとは判断されないので業務外の疾病と決定することを妥当と思料する。

第二章　聴取書　労働基準監査署

一　請求人

平成五年十一月十日　××労働基準監督署に於いて聴取した（山崎春子氏）。

新聞広告で募集していたので、当派遣会社に応募しました。

募集内容は能力に合った仕事とそれに見合った時給がもらえるというもので、私としては経理決算までできるので相当な賃金がもらえるだろうと思い派遣会社に面接に行きました。

一応形式ばかりのテストがありましたが、当時はまだ人材派遣業が新しく起きた時期であり、派遣会社も人を集めるのに必死で、応募した人が断らない限り必ず登録されるような状況でした。

私は経理事務の登録を希望し、登録されました。それ以前に人材派遣の経験はありません。

当派遣会社には昭和五十五年に登録になり最終の株式会社に派遣される迄の期間に延べで数十社に派遣されました。

派遣期間は通常一ケ月から三ケ月であり、それを更新することにより継続されますが、短いものは一日や二日だけというのもあります。

昭和六十一年一月七日に渋谷支店の山田清より電話があり、原宿の株式会社に決算の仕事で行くように言われました。

派遣先の社員で経理事務全般の責任者である田村隆という人が病気で入院しているためその代わりに行くようにという内容でした。

とりあえず決算を一月三十一日までに間に合うように指示されました。

勤務時間は午前九時から午後五時までで、休憩時間は正午から一時までですが、残業については何も指示されませんでした。


（中略）


A不動産株式会社での仕事量と拘束時間はこれまで派遣された企業では経験したことのない苛酷なものでした。

私の仕事は株式会社の仕事の他に有限会社の業務もあり、更に一階のギャラリーの帳簿の仕事まで加わり大変な業務でした。一階のギャラリーの日常業務は別の会社に請負させており、女子社員二人が来て受付をしておりましたが、賃金は私より非常に高く、仕事の内容からすれば大変精神的に不満を感じておりました。

株式会社の決算が七月末でしたので、その決算が終わったら派遣先の社長に辞めることを伝えました。
派遣元の登録は続けたいと思いましたが、腕が痛く、伝票も書けないような状態が続きましたので、派遣元の方から十月二十五日に、派遣元の退職届けの用紙と、飯田橋職安の離職票が送られてきました。
退職した後雇用保険の受給を受けました。労災の請求書に記された発病月日は平成三年三月二十日というのは症状として、目が痛くなり、目が開いていられなくなった日です。

平成五年十一月十日

以上の通り録取して読み聞かせたところ、誤りのないことを申し立て署名押印した。

前同日

××労働基準監督署
労働基準監査官
労働事務官　××××　印

二　派遣元の川口氏

平成五年十一月三十日当署に於いてシニアマネージャーの川口から聴取した。

私が在籍時、当社は渋谷管内で約二百社に派遣を行い派遣人員は総数で約四百名です。山崎の派遣元は本社でした。

実際に派遣されて派遣元と雇用関係が生じますので、山崎は渋谷支店の所属になり渋谷支店から派遣先の株式会社に派遣されました。山崎は当社に入社する以前は経理関係ということになっております。

登録に際し、資格の有無は問いませんが、経験は二年以上なければ登録できません。

派遣先A不動産株式会社としては昭和五十七年から派遣契約をしています。

A不動産株式会社には一名派遣されていました。山崎を株式会社に派遣させるに当たり特別の理由はありませんでした。本人の希望や地域等を考慮して通常の判断の中で決定いたしました。

山崎はA不動産株式会社に派遣されるまでに四十三社に派遣されております。一社平均約一ケ月から三ケ月位の派遣期間になります。

派遣先A不動産株式会社には当初昭和六十一年一月九日から一月三十一日迄の派遣予定でした。

勤務時間は月曜日から金曜日までで午前九時から午後五時までです。休憩時間は十二時から十三時までです。休日は土曜日、日曜日及び祝祭日です。

山崎を派遣先に派遣させるに当たり残業を指示したかどうか当時の担当者がはっきり

と記憶しておりませんので今では確認できません。

今回山崎を派遣先A不動産株式会社に派遣させるために事業所と派遣契約を結びましたが、経理関係ということだけで契約書を作成しそれ以上のことは、口頭で取り決めをしており、同じく当社と山崎の間でも同じ内容で契約し、具体的なことは口頭で指示致しましたが文書に残しておりませんので残業について指示をしたかどうか確認できません。

本人の勤務時間の管理は当社指定のタイムカードに本人が勤務時間を記入し、派遣先の責任者に確認のサインをもらった上で本人が当社へ送ってきたものを基に給与計算を行います。

派遣を行う際は派遣契約をとる営業社員が派遣先の就労状況、作業環境を確認した上で派遣させますので作業環境が良くない場合は断ることもあります。就労状況や作業環境については、営業社員の感覚で善し悪しを計り、具体的な資料の提出をもとめて判断するものではありません。

派遣については、事業所より電話で申し込みもあり、実地確認するために営業社員が出向くもので、人員構成で男性一人だけの場合とか業種が不明の場合には派遣させられません。

残業については派遣社員の中には残業ができない者もおりますので、残業の有無については本人に確認した上で派遣させます。山崎に対しても当初残業を指示したかどうか確認できませんが、実際には残業の申告があり、それに対する賃金を払っております。

残業時間は派遣先に行ってみると最初の取り決めと異なる場合もあり、あまり多い場合は本人の申告をもとに派遣先に注意する場合もあります。

A不動産株式会社の場合は規模が小さい会社なので契約の際は日常経理から決算までということで、取り決めており、山崎本人に対する仕事の内容もその様に指示致しました。

A不動産株式会社の派遣同僚社員から、作業環境に対して具体的な不満を表す申告はありませんでした。

山崎と当社渋谷支店の担当者との間で何度か話し合いを持ちましたが、派遣先株式会社について改善を要求する申告があったかどうか文書に残っておりませんので確認できません。

山崎の派遣先株式会社への派遣期間を通じて担当者が何人も代わっており、本人からの具体的な申告内容を記憶している者はいませんが、記憶に残っている範囲で述べますと、本人が一番不満に思っていたのは派遣先株式会社での同僚である松山派遣社員との人間関係でした。松山社員の仕事の酷評や、また口をきいてくれないなどの対人関係でした。

仕事の面で言えば、山崎本人はすでに四十数社に派遣されており、会社には大いに貢献してくれた人だと思いますが。

当社は営業社員と派遣依頼社員とに分かれており、派遣依頼社員の話では経理のベテランとしての仕事をこなしており、仕事に対する自信は相当にあったように思います。

派遣先が小さければ経理事務とはいつでも周辺業務として幅広い仕事をすることもあり、本人には大きい派遣先よりむしろ小さい会社が向くと感じておりました。

A不動産株式会社が入居しているビル一階のギャラリー改築工事についてですが、ギャラリー改築工事はあったと聞いておりますが、それにかかるコンクリート工事の騒音に対するクレームなどは当時同僚であった松山社員からは当社にありませんでした（山崎から工事に関することなど何も話していません）。

山崎は昭和六十一年から平成三年まで期間を更新して派遣先株式会社に派遣された訳ですが、派遣の更新に際しては、派遣先からも更新の依頼があり当社として、山崎本人に対しては強くひきとめました。

当社とすれば、派遣社員も派遣先もある意味ではお客様ですから、続けてほしいと希望しております。

山崎がA不動産株式会社に派遣された期間を通して、眼の痛みの症状を訴えたことがあったと当時の担当者は記憶しておりました。他の症状の訴えについて担当者からの報告はありません。

当社はすべての派遣社員に対して健康診断の案内を出しておりますが、山崎は一度も健康診断を受けたことがありません。

同僚の松山社員と最近電話で話したことがありますが、耳が遠いという印象は受けませんでした。

当社は派遣社員として登録する時に本人より健康診断書を要求することはいたしませんが、その代わり短期契約者であっても年二回の健康診断を受けていただきます。

山崎は健康診断の履歴がありませんので病歴については確認できません。

（注：私は何の病気もしたことはありませんでしたし、必要なかったほど普段は健康でした）

昭和六十一年に雇用保険法が改正になりましたので、派遣社員についても全社一斉に雇用保険の適用を申請しました。

山崎についても雇用保険は手続きしております。

山崎に対しては派遣先株式会社への派遣期間中に、当社としては通常のベースアップとは別に規定外の賃上げを三度にわたり、行っております。平成二年度に通常の時給を千七百五十円から千八百円と千八百五十円に二度、平成三年に千九百円から二千五十円に一度賃上げをしました。

これは当社としては異例のことです。

なぜ規定外の賃上げをしたか今では確認できませんが、本人からの再三にわたる賃上げ要求に対し派遣先の事業主と派遣料金についてかけ合い、派遣先が了承したので賃上げをいたしました。それだけ派遣先株式会社では重宝がられていたということでしょうか。

派遣先株式会社への派遣を辞めたいという本人の度重なる要求にもかかわらず期間更新したのは、本人が高齢ということもあったでしょうし、賃金もアップしたということであって結局本人は納得したのだと思います。

当社は頑なに派遣を固辞した者まで、無理に派遣はさせませんし、またそれをもって派遣登録を抹消するということもありません。

山崎は平成三年七月に派遣先株式会社の派遣を辞めましたが、その後も当社には派遣の依頼がありました。
平成三年十月二十八日に派遣登録が終了しておりますが、その後失業給付を受けております。

平成五年十一月三十日

以上の通り録取して読み聞かせたところ誤りのないことを申し立て署名押印した。

前同日
××労働基準監督署
労働基準監督官
労働事務官　××××　印

第三章　電話聴取書

一　通話の相手　松山順子

平成五年十一月二十九日、以下の事項について渋谷労働基準監督署が事情聴取を行った。

××労働基準監督署
労働事務官　××××　印

内容　派遣先株式会社での派遣労働者の就労作業環境について

（経過）

労災の請求人である私の同僚派遣社員である松山順子より聴取すべく、出頭通知（平成五年十一月二十五日付）を発送したところ、平成五年十一月二十九日午後五時頃松山順子より電話連絡が入り、既に派遣社員を辞め、別会社の正社員として勤めているため平日の出頭はできない旨の回答があったが、電話での聴取には応じることはかまわないとの了解を得たので同日午後七時より本人宅へ電話し以下の通り聴取したものである。

派遣元では一般事務ということで登録をしましたが、いつからの登録であったかはっきり記憶していません。派遣先A不動産株式会社への派遣は十年ほど前から六～七年間続き、三～四年前に辞めました。

現在は別な会社の正社員として勤務しております。

派遣先株式会社は貸ビル、貸マンション業ですから、業務内容は貸事務所、マンションの管理事務、家賃の回収、領収印の押印、伝票の起票、光熱水道料の各貸事務所への振分け、賃貸契約書の作成、元帳、補助簿の記帳、試算表の作成等です。

勤務時間は午前九時から午後五時まで、昼休みは、正午から午後一時です。

勤務日は月曜日から金曜日まで、残業は私の場合はありませんでしたが、山崎さんの場合は経理決算の関係で残業はあったようです。

毎日タイムカードに勤務時間を記入し、月毎に派遣元に報告します。

山崎さんは田村さんのかわりに派遣されてきました。田村さんは派遣先の社員で経理責任者でしたが、病気で入院したために、その経理を担当するために山崎さんが派遣されて来ました。

山崎さんとはそれ以前に面識はありません。山崎さんと私の仕事の分担ははっきりしておりました。

山崎さんはそれまでの田村さんの経理の方法を自分流に変えました。何事も自分流でなければ気のすまないところがありました。

私はその職場職場に合わせていかなければいけないと考えておりました。

性格的には私と山崎さんは水と油で相容れないものがありました。私はそうでもありませんが、山崎さんは仕事がやりにくかったのではないでしょうか。

双方感情的になることもありましたが、感情のわだかまりを二人で面と向かい合って話したことはありません。

結局肌の合わない人とは仕事を続けるのが難しいので、私の方から派遣先を辞めることにしました。

作業環境について言えば、派遣先事務所は二〇一号室に入っており、社長室、応接室、事務室に分かれ、事務室は室の広さのわりには照明は暗かったと思います。また、事務室のついたての向こうに窓がありましたので換気の面ではよくなかったと思いますが、窓は自由に開け閉めすることはできました。

派遣先で使用していた空調機本体がどのようなタイプであったか知りません。

私が派遣先に派遣された期間を通して空調機を取り換えたかどうか記憶しておりませ

ん。空調の暖房は一般に低めだったと思いますが我慢できないほどではありませんでした。

年齢もあるでしょうが、私は丈夫なほうで平気でした。

山崎さんはグレーのカーディガンを着て仕事をしていたと思います。

空調機の音は気にすれば気になる程度で、会話に支障はありませんでしたし、空調機の音で耳が遠くなるようなことはありませんでした。

山崎さんは経理の仕事で一日中事務所にいましたが、私は七割方は事務所におりましたが、仕事柄別棟へ用を足しに行くこともあり事務室を空けることがありました。

事務室は十帖程に仕切られた狭い室で、空気の流れが悪いせいか、ほこりっぽいことはあったかもしれませんが、それが原因で体調に変調をきたすことはありませんでした。

一階のギャラリー改築工事のことですが、工事がいつからかかり、何時から何時までコンクリート工事をしたか、はっきり覚えておりません。一年はかかっていないと思います。工事中の音ですが、多少うるさいことはあったかもしれませんが、字が書けないというほどのことはありませんでした。

それが原因で耳が遠くなったこともありません。

山崎さんは派遣されてきた時から何となく耳が遠かったような気がします。

事務室にはコピー機が私の机のそばにありましたが、その排気が体調に影響したことはありません。

山崎さんは仕事の面で時給のことを不満に思っていたようです。しかし職場の環境が原因で病気になったということは聞いておりません。病気は内面のもので外からはわかりませんが、そんな風には見えませんでした。

私にとっては、派遣先は別に劣悪な職場ではありませんでした。

約六年勤めて体調をくずしたり病気になったことはありません。健康診断は受けておりません。私は丈夫なほうでしたから、健康診断の必要はないと考えていました。

派遣会社に対して私から空調や工事の騒音のことで苦情を言ったことはありません。

二　通話の相手　派遣先A不動産株式会社社長

平成五年十二月二日にて後記の事項について事情聴取を行った。

××労働基準監督署
労働事務官　×××

山崎春子の派遣事務所株式会社の作業環境を実地調査すべく、派遣元事業所である川口シニアマネージャーに照会していたところ、平成五年十二月二日午後一時半頃、川口マネージャーより連絡が入り、派遣先A不動産社長は監督署よりの調査は断りたいとの回答であった。

事の子細について確認すべく、社長に電話にて聴取したところ以下の内容であった。

派遣元から山崎の労災請求の件は聞いているが、派遣元からは何人も派遣社員に来てもらっているが、そんな病気になった人は誰もいない。職場に問題があったとは思わない。

もしそうなら他の社員も私も病気にならなければおかしい。

派遣社員については面倒をみたつもりだが、山崎には飼犬に手をかまれた心境だ。すべて言いがかりとしか言いようがない。

とにかく問題の多い人だった。人とぶつかることが多く、松山社員が辞めたのも、また松山社員の後任者が長くいつけないのも、山崎が原因で困っていた。

建物も建築基準法にそって造られているし、空調も詳しくは知らないが、具合が悪いというならもっとつけている。

ギャラリーの改築工事については、工事をすれば音が出るのは当然で、かといって難聴になるとは思わない。

山崎は電話はとるが、普段の会話の時には大きな声で話さないと聞こえないようだった。

山崎の一方的な事情で職場環境を疑われても困る。山崎が私を訴えると言うなら、私も受けて立つつもりでいる。

とにかく私としては会社に来られるのは困る。

当署としては、山崎本人の言い分だけでなく派遣元からも聴取し、また同僚からも聴取して、医学的所見も求めた上で総合的に判断を下したいため、現場の確認を必要とするものである旨を説明したが、職場に来るのは困るとの一点ばりで頑なに実地調査を拒否したものである。

（注：おそらくA不動産を実際に見れば悪環境が一目瞭然で、何の説明もいらないはずです。だからこそ、調査に来られては困ると言ったのでしょう。

A不動産は昭和四十九年六月に竣工して以来、これまでに三人が病気で死亡しているということは、その環境が関係していることは確実です。労働基準監督署は現場検証もしないでそれで責任を果たしたと思っているのでしょうか。どんな事件でも現場実施調査をして結着をつけているのに、どうして行わないのでしょう。とても許されることではありません）

三　通話の相手　××区健康保険課給付係　××氏

内容　山崎春子に係る健保レセプトの提出について

山崎春子に係る労災請求について傷病名が多く、業務に起因するか否か判断するための資料として健康レセプトの提出依頼を行ったところ、区の回答は、「基本的に健康レセプトは個人のプライバシー保護のため公開していない。警察等からの提出依頼に対しても断っている」ということであった。

当署としては労災請求に係る傷病名が多岐にわたり、業務に起因するか否かを判断するには健康レセプトがぜひ必要である旨申し入れたところ、確かにすべての傷病名が仕事に関係するものかどうか疑わしいところもあるようなので、もう一度上司と相談してみるとの回答であった。

その後九月二十八日、給付課担当者宛問い合わせたところ、係員は現在研修中であり、十月四日より出勤するとのこと。

四　通話の相手　E大学附属病院医事課　S氏

平成五年十月二十九日

××労働基準監督署

労働事務官　××××　印

内容　山崎春子の両感音難聴に係る意見書依頼について

当院では平成四年七月二日より労災扱いにしているが、山崎春子は平成三年六月十八日より平成四年一月十日迄、健康保険で耳鼻科にかかり労災としての意見書は書けないと主治医が言っている。

とのことであったので、当署には健保でかかっている分も労災に申請しているので、因果関係等について意見書をお願いしたい旨説明したところ、医事課としてはそのようなことであれば、先生に事情を話した上で、意見書をお願いしてみるとの回答を得た。

第四章　労働保険審査会に提出した書類

「労働保険審査請求書」

第一回目は平成六年四月に提出しました。

「再審査請求申立追加書」

平成八年四月十九日に提出しました。

「審査請求申立追加書」

平成九年九月十八日に提出しました。

第一回　労働保険審査請求書　平成六年四月

審査請求の理由

審査請求人は昭和六十一年一月九日から平成三年七月三十一日までの間、派遣先株式会社に経理事務員として勤務したものである。その間、事業場の劣悪な作業環境の下で過重な労働を強いられ、それによって、右肩関節周囲炎、両側感音難聴、多発関節痛、左後部硝子体剥離による飛蚊症、涙液分泌低下症等を多発し、加療が必要となった。

右は以下のとおり、業務上の疾病であることが明らかである。

一、審査請求人は右会社に勤務するまでは、歯石除去のため歯科医師の処置を受ける程度で、医師の世話になることはなく、極めて良好な健康状態を維持してきた。

二、事業場の労働環境は劣悪であった。

ア、事業場は九階建建物の二階の一区画を五室に仕切ったものの一室であり、外気と直接接することのなく、かつ換気装置もなく無窓の密閉状態であった。（資料1参照）そのため、隣室の煙草の煙などで、室内の空気は、常時汚れ、かつ澱んでいた。

イ、冷暖房用として、三菱電機製のGW－一〇〇型パッケージエアコンが設置されていた（資料1の図面に空調室と表示されている個所）が、右エアコンには換気機能はなく、かつ容量としては、およそ五十四坪をカバーするのが限度であった（資料2）。ところが、右エアコンの対象面積は、二階全部と一階一部合計一六〇・六坪に及び、容量は極端に不足していた。

そのため冬期においては、仕事中手がかじかみ、夏期は文字通り蒸し風呂状態であり、その中での仕事は耐え難い程の苦痛であった。

ウ、照明は天井取付の蛍光灯（四十W八本）のみで、いつも手許が暗く、すぐ眼が疲れた。

エ、掃除は月一回しか行われず、それも、隣室のカーペット張りの床は、契約対象外ということで、ほとんど掃除が行われなかった。そのため隅々にほこりがたまり、空気はカビ臭かった。

オ、事務用椅子は古く、壊れかかっていて高さの調節も回転もできず、不自然な姿勢で仕事をせざるを得なかった。

カ、直下階の工事による騒音と振動が耐えられなかった。

昭和六十三年夏ころから平成二年六月ころにかけて、事務所の直下階の改造工事が行われ、毎日、朝から夕方まで、コンクリートを削《はつ》り、バイブレーター作業が続き、その騒音と振動のひどさは想像に絶するほどであった。

審査請求人の難聴はこのころから始まった。

三、仕事は過重であった。

ア、審査請求人は単純な経理事務（帳簿記帳、試算表作成まで）の約束で派遣されたが、実際に要求されたのは現金出納、資金繰り、預金管理、決算、確定申告書作成、税務、社会保険、財務全般の業務であり、神経をすりへらす毎日であった。

イ、毎日の長時間の計算機作業のため肩こりがひどくなり、休日に休養しても疲労がとれなかった。

ウ、勤務時間は九時から五時までであったが、残業は派遣料金が増えるので、社長が認めようとしなかった。しかし事実上は七時ころまでサービス残業はしばしばであったし、認められない分時間内の労働負荷はきつくなり昼食時の休憩もとれない状態であった。

四、以上のとおり、長期にわたり劣悪な作業環境の下で過重な仕事を課せられたため、平成三年三月ころから前記症状を呈するようになった。

ア、医師の中には、事務所の寒さを訴えると、北海道の人は皆病気になるのかとか、空気の汚れを訴えると幹線道路沿いの人は皆病気になるのかとか、肩こりを訴えると老化現象だなどと言ってまともにとり合おうとしない者もいたが、医師としてあるまじき暴言である。

イ、平成四年一月三十日付で取り寄せたE大学附属病院のI医師の診断書（資料3）には「慢性関節リウマチナシューグレン症候群の疑い」がある旨が記載されているが、これは誤診であり、平成六年四月二十一日付同病院U医師は、明確に否定している（資料4）。

ウ、審査請求人は、胃潰瘍を患ったことはなく、かつてそのような診断を受けたこともない。

審査請求人は医師の指示により肩痛等の治療のため、ロキシニンという薬を服用したが、その副作用のため胃を痛めた。すると医師は胃の副作用を抑えるために胃薬の服用を指示した。

仮に胃に病変があるとすれば、そのためであろう。

エ、審査請求人の症状（たとえば飛蚊症、肩痛等）を老化現象として片付けるのは医師としては無責任である。
「幹線道路沿いの人は皆病気になるのか」という論法でいけば、審査請求人と同年齢の者は皆そういう症状になるのかということになる。高年齢は否定し得ないとしても、前述の業務に関連する諸要因がなければ、発症することはなかったのである。

五、以上のとおり、審査請求人の疾病は、物理的因子、身体に過度の負担のかかる作業態様、化学物質等、並びその他の作業環境及び業務内容に起因することが明らかである。
よって労働基準法施行規則第三十五条別表第一の二に定める疾病とは認められないとして行った渋谷労働基準監督署長の不支給決定処分は誤りである。

再審査請求申立書
労働保険審査会御中

資料1　2階の平面図

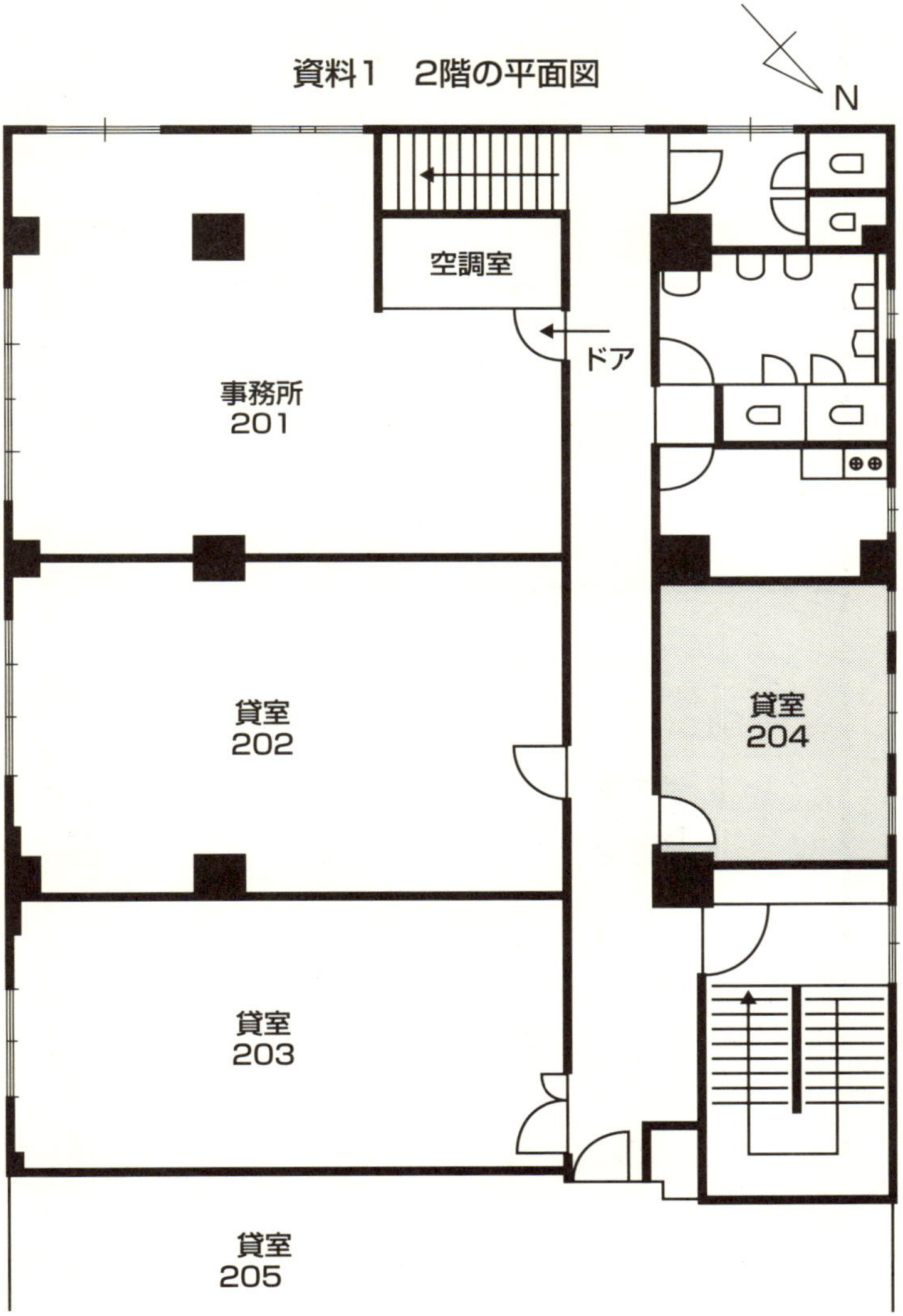

出入り口のドアは中廊下の一ケ所だけで、開放しても新鮮な気持ちよい風や空気はあまり入りませんでした。

資料2　2階の事務所

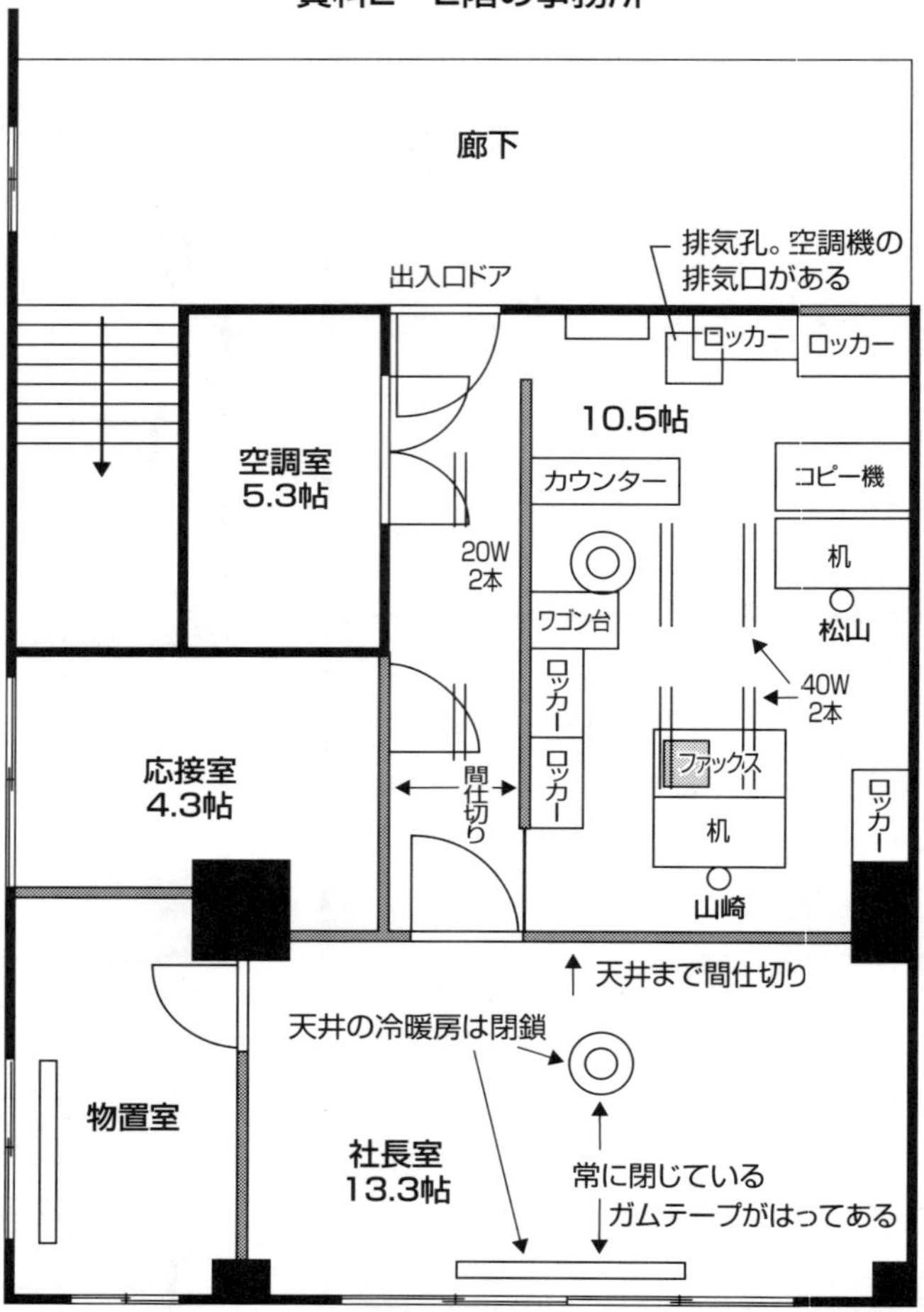

四方が壁面で窓はなく、昼でも電気をつけない暗い所でした。

出入り口のドアを開けると、私がいる角の方へ風がきます。まったく掃除していませんから、塵芥や臭いがひどく、また出ていく所はないため角にたまる一方でした。

エアコンは冷房専用型のパッケージエアコンで、暖房で使用する場合はヒーターまたはコイルを組み込んで暖房用に使用できるようになっていました。基本的には冷房または暖房のみで換気はしないため、別途に換気器具を取り付けるか、窓を開けて時々換気する必要があるエアコンでした。

第二回　労働保険審査請求書　平成八年四月十九日

再審査請求の趣旨

××労働基準監督署長が平成六年三月三日付をもって、労働者災害補償保険法による療養保証給付を支給しない旨の処分を取り消すとの決定を求める。

再審査請求の理由

一、××労働基準監督署長（以下「監督署長」という）は、請求人の罹患した疾病は請求人の素因によるものであって、業務に起因するものではないと判断する。しかし、本件疾病は勤務先会社における劣悪な労働環境と過重な労働によって発症したものである。以下、劣悪な労働環境と過重な労働について、そしてこれらと請求人の本件疾病との因果関係について申し述べる。

二、劣悪な労働環境について

派遣先（勤務先）である株式会社がいかに劣悪な環境その他であったかは、次に採用した人が辞めてしまったことからよくわかる。次の点が指摘できる。

①清掃は全くやらない。

②お茶やおやつなどは自由にとれない。

③目の保養がない。

花一本でもあれば相当違うのであるが、ある時株式会社には何もないからといって花を持って来て下さった客があったが社長は自分の家へこれを持って行ってしまい、またある人が鉢のようなものを持って下さるとこれも家へ持って行ってしまった。

④うるさい音が一日中うなっている。

⑤机、椅子など昭和三年三月会社創設以来のものばかりである。

ビルは四十九年新築されても請求人らが使用するものはその当時からのものらしく、社長室だけがすべて新しいものであった。請求人が行った時、びっくりして気持ちが悪かったことがある。以前工具工場だったので、その時のものらしいごみや埃が塊となってへばりついている。請求人は机の中のそれらを削りとり紙を貼ったりして使っていた。

⑥最低の単価百グラム二百五十円のお茶を五百グラムの袋入りで買っている。請求人はあまりしなかったが、来客にもこのお茶を差し上げるのだが出すのが恥ずかしいようなものであった。

⑦請求人が昭和六十一年一月に会社に行った時、がたがた震えてしまうような寒さであった。もう一人の派遣社員は前からいたので慣れていただろうし、同人は普通そんなに厚着をしたら肩がこってしまうような上着を着て仕事をしていた。請求人が最初行った時、ほこりっぽく悪臭がし寒いと社長に言うと、機械室に入って温度調節の機械の動かし方を教えてくれるので本気になって聞いていた。しかし動かしても何も変化せず暖かくならなかった。機械は時々止まってしまって、空調の工事屋が来て一応見て調べていっても動くだけで暖かくならなかった。工事屋は、請求人に、この機械

は交換しなければだめだ、故障だからクーリングタワーも換気扇も設備しておらず、容量も事務所の面積に対して及びもつかない程の小さな機械を設置してあると言った。

⑧社長は請求人以外に病気になった人はいないと言っているが、四十九年のビル新築以来三人も死亡している。やはり五、六年位たつと病気に罹るようである。一人は現社長の父、二人目は田村（請求人の前任者）、三人目は守衛そして請求人が病気に罹った。こんな劣悪な例えようもない環境の下で病気にならないはずがない。

現社長も平成一年二年ころ、腰痛だとかカリエスで歩けなくなったりして毎日通院していた。請求人がいた頃（平成三年）も毎月病院に行っていた。

幾人もの人達が雇用されて来社してもすぐ退社してしまい、勤まる人がいないので会社は派遣先に社員を頼んだのであると思われる。

⑨テナントの人達も皆、寒いから暖かくしてくれと言ってきたり、厚着をしていた。しかし、すぐ引っ越してしまいよく転居していた。

三、過重な労働を強いられたことについて

請求人は、昭和六十一年一月七日に派遣会社渋谷支店の山田課長よりA不動産株式会社の決算に行くように言われて行ったところ、全く仕事が違っていた。山田課長は決算ということについてA不動産株式会社の社長と内容など何の打ち合わせなどなく、ただ決算だということで受けてしまったようである（当時A不動産株式会社の社長が事務のことについて、全くわからなかったことが請求人は後でよくわかったし、社長自身は事務とか経理、まして決算とはどういうことなどの区別など全く知らなかった）。

田村という人は会社の一切を動かしていた人である。仕事の内容は、請求人が経理補助の一般の単位で受けたのだから、最初は時給と仕事の内容があまりに違いすぎることを山田は全くわからなかったのである。

請求人が初めて会社に行った時、松山は帳簿をすべて書いてわかっているのに全く手伝おうとはせず、ひどいものであった。社長が帳簿を探してやるように請求人に言ったので、田村がしていた方法ですればよいのだと思い、一般にしている方法ではなくとんでもないやり方でしていたが、請求人はそのようにしなければならないと思って一生懸命に行った。請求人には誰も聞く人はおらず、時間が足りないので家に持ち帰り仕上げた。

A不動産株式会社には税理士がいるが、いるというだけで帳簿や経理などには何も触れさせていなかったから、本当に大変であった。山田は通常の賃金を払っているのだからと言っているが、請求人は通常の仕事でない申告書やその他のことをやっている。山田は税理士がやるべき仕事を請求人が行っていることを想像できないでいた。

派遣会社の担当が山田から後藤に代わって請求人の立場を全く理解できず、請求人が本社の福本チームリーダーに相談に行ったところ、同人は時給と仕事の内容が全く違うことを理解し渋谷支店に話してやると言った。

ところが、その話を聞いて後藤は請求人を叱りつけた。変なことを言ったら福本チームリーダーは直接話してやるからと言っていたが、請求人はあまり迷惑はかけられないと思い、福本さんも請求人の件について正しいと言っていたので、本部の常務の杉山本部長に証明のため申告書を持っていった。すると、同人は、これは大変なことをしている、経理関係といってもこれらの仕事は契約内容に入っていない、たとえば金銭関係などを扱ってはならないことになっているのにあまりにも違いすぎるとすぐ理解してくれて、A不動産株式会社の社長に会って昇給するように相談してやると言い、後藤とともにA不動産株式会社に来所した。しかし、株式会社の社長にうまく丸め込まれてしまい、派遣元からは今度特別に時給アップしてやるからと言われただけであった。

だめだということがわかったので請求人は辞めた方がよいと思い、A不動産株式会社の社長に退社のことを話したが、松山が辞めた後は全く伝票など書いたことのないような全く仕事のできないものばかり来たり、請求人が辞めるために来た一人目はこんな仕事は細かくて大変でだめだと言い、二人目にも引き受けてもらえなかった。

請求人がいたからいけなかったのだが、次から次へと新しい仕事が増していった。B有限会社とか一階にオープンしたギャラリーなどの細かい仕事を次第にやらされるようになった。一階のギャラリーの見習人（チーフ）は伝票の書き方も何もわからず請求人がすべて指導しているのに、請求人の給料（時給）よりギャラリーのスタッフの方が高い給料で働いているのだから、請求人はストレスがつのるばかりであった。

請求人は、常に忙しく色々と会議に出席したり色々と平常にない仕事も多くやらされた。黒田派遣社員が来たが、請求人の仕事など手伝わず、同人は最近大手術をしたため会社があまりに寒く体が痛んだのか、よく休んだ。突然休まれると、請求人が黒田派遣社員の仕事をしなければならなかった。

また、平成三年一月は資産関係の申告書や一年に一度の仕事が色々あった。同年二月はB有限会社の決算期（二月二十八日）であった。この関係の仕事も会社は小さくてもやることは請求人一人でやるのであるから、日常の仕事と異なり、プリンター付きの計算機で何度も何度も検算したり同じことを繰り返し、それが毎日続いた。請求人は、精神的、肉体的にも疲労がかさんできた。同年四月三十日は有限会社の申告書を作成し、税務署へ請求人が提出しなければならない。請求人は、この頃、次第に疲れが見られるようになった。次に同年五月三十日に株式会社の決算日があり、引き続き精神的、肉体的に休む暇もなく請求人一人で仕事をしたのであるから、苛酷な日常であった。

社長は事務のことなど全くわかっておらず、請求人が大変だと思いながらやっている仕事についても理解しなかった。小さい会社だからといえ、請求人一人で仕事を行うことは大変なことである。検算してくれる人がいたりちょっと手伝ってもらえると、精神的に相当安心できることもあるが、一人でプリンター計算機で一生懸命仕事をしたので右肩が痛くなったり、あまりにも暗い事務所で休むことなく働いたから、全身に過労と、この環境下での影響が出たと思われる。

おやつなどなく、お茶も自由に飲むことはできず、休むことなどもできなかったから、ただただ劣悪な会社だった。

同僚社員との人間関係が円滑にいかなかったと言われているが、松山や黒田は、社長が帰りの時間を言っていくから別棟である営業の部屋へ行って、三十分からひどい時は二時間も遊んでくる。事務所に一日中いるのは請求人一人だけであった。こんなことを社長は全然知らない。松山は社長の帰りをわかっているから、請求人がお茶を飲むと隠しなさいと言ったり、おやつを食べていると机の中に入れて隠してしまう。このような状態でおやつなど全くなく、お茶も自由に飲めなかった。請求人は会社に行ってから飲み物の類いが自由にとれなかったので、涙が涸れたり唾液が出なくなってしまったのだと思われる。

四、劣悪な労働環境、過重な労働と本件疾病との因果関係

審査請求事件決定書は、M医師の平成五年九月十日付意見書、I医師の平成五年九月十日付意見書、O医師の平成五年十一月十五日付意見書に基づき、劣悪な労働環境、過重な労働と本件疾病との因果関係はないと結論付けるが、これらの医師は専門外の医師の判断でその所見は誤りである。別紙Y医師作成の意見書のとおり劣悪な労働環境、過重な労働と本件疾病の因果関係は認められる。

五、以上のとおり、劣悪な労働環境と過重な労働の為に本件疾病が発症したのは明らか

であるから、本件疾病は業務に起因したものであるので、再審請求の趣旨のとおりの決定を求める。

以上

添付書類
Y医師作成の意見書
審査請求申立追加書
労働保険審査会御中

第三回　労働保険審査請求書　平成九年九月十八日

平成九年に提出した審査請求の理由は次のとおりです。

一　診療について

私が健康診断を受けないので問題にしているようですが、時間が夜だったことや、私は平常病気など悪いところは何もなかったため、必要はないと思い受けませんでした。風邪薬など薬の類いは全く飲んだこともなく、健康でした。それに私の知る限り、健康診断など受けている人はいません。松山派遣社員も受けたことがないと言っておりました。私は十二年間全く病気などせず、これまでの派遣先の企業ではほとんど休むことなく次の仕事をさせていただきました。

二　難聴になってしまった原因

私は平常は会話に不便を感じず話ができていました。ところがA不動産株式会社では一日中ブーブーと音がしており、どんな音でも長い間毎日聞いていれば耳に影響がないはずがありません。私は常に難聴になると心配しておりました。

A不動産株式会社では私が派遣された時から一階正面の大改築工事をしており、タイルをはがす音やコンクリートの壊す音が響いていました。ギャラリーを除いたすべて、洋服店から宝石店、瀬戸物店、守衛室からマンションの入り口の大改造をして一日中コンクリートを砕く音がしていたのです。

また、テナントが入っても短い期間しかおらず、すぐ出て行くため、その工事も常に行われていました。そしてギャラリーの大改造工事が始まり、私は次第に難聴になってしまったのです。

三　級について

私は珠算、簿記二級と書いておりますが、三十年以上の前のことです。級はとりませんでしたが実力は一級程度でした。大きい会社では決算の仕事をするために一級程度の人が大勢で参ります。そして次第に仕事が少なくなっていくと辞めていきますが、私はいつも最後まで残って始末をしたものでした。

納税申告書を作成できる人もいなかったようです。決算の仕事となるとあらゆる企業に派遣されました。時給はA不動産よりずっと高かったです。

A不動産株式会社では決算だと言われてきたのに、時給が安いのでびっくりしました。納税申告書を作るのがわかっていたならば、こんな安い時給で契約するはずがないのです。派遣会社の他の課長はどの仕事なら時給はいくらと相場についてわかっていたようですが、渋谷支店の山田課長はわからなかったようです。山田課長は、一般事務も経理も決算も、ましてや納税申告書の作成ということについて、何も存じていなかったのでしょう。

四　業務のやり方について

Ａ不動産株式会社の社長は、派遣会社の営業担当者が来社すると叱るのでした。私達は派遣社員なのですから、派遣会社の担当者から言われた仕事をすればよいはずなのですが、社長は担当者には何も相談せずに新しい仕事を次々と私に言いつけ、やらせました。

新しい仕事は契約外ですから、増せば当然時給に反映させるべきなのですが、そういうことは全くおかまいなしなのです。社長は私に言いますから、松山派遣社員にやらせることはできず、どんどん仕事がかさみ休むこともできず、一生懸命やるしかありませんでした。

本来、派遣先の企業には派遣社員に仕事内容について指導する責任者がいて、その指示に従って仕事をするものですが、Ａ不動産株式会社には指導する正社員が一人もいないのですから、請負業務でした。誰も聞く人はおらず、すべて自分で仕事をするのです。

また、一般に顧問税理士は帳簿や記帳のやり方などについて指導したり、わからないことについて教えてくださるものですが、A不動産株式会社では、私が税理士に帳簿を見せたり聞いたりすると、社長に叱られました。ある時、納税調査があって私が立ち合いしましたが、この時初めて税理士が帳簿を見たのです。

それから後、新しい顧問税理士が来て、前の税理士と納税申告書作成について言い争いをしているのを目撃したこともあります。納税申告書作成の費用について討論していたようでした。平成三年からは、この新しい顧問税理士が申告書を作成することになりました。

私は何年も三つの会社に奉仕していたようなものです。

五　発病について

昭和四十九年新築以来掃除屋は頼んでいなかったようですし、毎日汚れ切った部屋でロッカーなど高い所には埃がいっぱいたまっていて、他の高い所などは掃除は全くせずクーラーが動くとその埃を部屋中にまきちらしていたのです。

毎日頭痛がしていました。

窓を開けても空気は入るかもしれませんが、排泄物というか、汚れた空気の出口はありません。ドアを開けると私の机がある部屋の隅に埃が全部たまってしまうようで、とてもいやな気持ちになりました。他の人達はドアを開ければ換気ができると思っていたようですが、とんでもない考え違いです。

以前にも述べていますが、私は平成一年頃、ここにいると病気になると社長に話しました。私は退社することを了解してもらい、代わりの人を探しましたが、どの人も引き受けてくれませんでした。

仕方なく、事務所を改装してくだされば更新すると社長に約束しました。ところが工事のため、業者が見積もりに再三来社しましたが、結局工事はしませんでした。辞めなかったのが悔やまれて仕方ありません。

六　眼の病気になったこと

事務所内の空気が常に酸欠状態の中、昭和四十九年以来、新しい型のものに取り替えたことのないような蛍光灯の下、手暗がりで新聞も読めないような中で仕事をしておりました。これまでは、老眼位で眼の病気になどなったことは一度もありませんでしたが、一番に目が悪くなりました。

七　右肩が痛くなったことと全身が痛み出したこと

平成二年二月二十八日はB有限会社の決算でした。前年の十二月から一月にかけては特別な書類の提出が重複してとても忙しい月でしたが、それを乗り越えると二月のB有限会社の決算となり、大変でした。そして四月三十日に納税申告書を作成し、提出までを一人でやりました。

ようやくB有限会社の件が済むと、今度は五月三十一日にA不動産株式会社の決算日を迎えます。他の事務員は全く手伝おうともせず、とにかく何もわかりませんでしたので、一人でやることにしました。初めて一人でやったので相当無理がかかると思いました。

一度だけ決算のわかる人を派遣元にお願いしたら、よくできる人が来て助かりました。ギャラリーの仕事も売れない在庫が増して、在庫合わせや、確認などで以前よりも数量も多くて大変でした。

毎日仕事を続けているうちに、次第に疲れてきました。しかし休むこともできず、毎日出社しました。一般的には、企業では決算期には係の者がかかりきりで仕事をするものですが、私一人で気を遣いながら間に合わせるために、相当な無理をしました。

いつの頃からか、ひどく疲労を感じるようになりました。右肩が痛くなり腕が上がらず、指先にまで激しい痛みを感じるようになりました。そしてこの頃からは、体中が疲れ切ってしまって全身痛みを感じていました。親指が大きくふくらんで痛み、つらさを我慢して札を数えたものでした。

このような状態でやっと決算の仕事を終了しました。

平成三年七月三十日、税務所、都税事務所、区役所へと書類を提出し、七月三十一日納税の支払いまでを行いました。本当に苦しい毎日でしたが、やっとの思いで仕事を続けました。今思うとよく字が書けたものだと思います。肩まで持ち上がらないような腕で、よく間に合ったと思います。

第五章　労働保険再審査請求　裁決

平成十年五月、私の再審査請求に対し、裁決されました。

裁　決　書

再審査請求人　　山崎春子
現処分をした行政庁　　××労働基準監督署長
決定をした審査官　　労働者災害補償保険審査官　××××

主　文

本件再審査請求を棄却する。

長い討論書や何人もの弁護士さんを介して提出した書類もすべて却下されてしまい、療養補償給付を支給しないと裁決されました。

結局、審査官、労働者災害補償保険審査官は、A不動産株式会社の現場を見ずに、この決定を下したのでした。しかし私は納得できません。

現在も、いつ終わることやらわからない病院通いをしているのは事実なのです。

あとがき

派遣労働者として昭和六十一年から約六年間A不動産に勤務し、全く予想外の仕事を一人でこなしてきました。その間、派遣会社の担当者は何人も変わりましたが、労働者の立場に立って考えてくれる人はいませんでした。また、派遣先の社長も、私の仕事について全く理解を示してくれませんでした。

その結果、本文でも述べましたように、想像もしなかったような病気になり、病院へ通うようになりました。あらゆる検査をし、その度に異常はありませんと言われましたが、リウマチになり、現在も毎日整形外科に通う日々です。更に、眼科、神経内科へも通っています。この病院通いはいつ終わるともわかりません。また、退職後うつ病になり、夜は全く眠れず、治るまでに三年以上かかりました。

薬は、整形外科は朝・昼・夜の三回、眼科は目薬を朝・昼・夜と寝る前に、神経内科も寝る前と一日に四回ずつ飲んでいます。

しかし、眼が痛む中でも、どうにかこの原稿を書くことができました。


私がA不動産に派遣され、仕事を続けるうちに様々な病気になったことは事実にもかかわらず、現場検証もせずにすべての請求を拒否してしまった労働基準監督署の責任は重大だと今でも思っています。

また、決定を下した審査官の方は、なぜ現場を見ないで労災を拒否できるのでしょうか。国の機関がA不動産の社長にいいように丸め込まれてしまうなんて、私は到底納得できません。


どうぞ皆さんは、冷暖房が完備されていない、清掃が行き届いていないような環境が悪い会社へは行かず、少しでも不快だと感じたり様子がおかしいと思ったら、断る勇気を持っていただきたいと思います。また、お茶やおやつが自由にとれて、ちょっとした会話くらいはできるような雰囲気のよい会社を選ぶことも大切でしょう。

年齢にこだわったりせず、そして暇もないほど働いたりはしないで、毎日楽しく生活できるよう生涯を過ごしていきましょう。

山崎春子

平成十五年六月

著者プロフィール

山崎　春子（やまざき　はるこ）

本名　岩崎重子
昭和９年、群馬県生まれ
昭和32年、共立女子大学卒業
職歴　本庄女子高等学校教諭
　　　大東建設株式会社
　　　アミノ販売株式会社
昭和55年より派遣会社に登録。平成３年、退職

努力

2003年10月15日　初版第１刷発行

著　者　山崎 春子
発行者　瓜谷 綱延
発行所　株式会社 文芸社
〒160-0022　東京都新宿区新宿1－10－1
電話　03-5369-3060（編集）
03-5369-2299（販売）

印刷所　株式会社平河工業社

ISBN4-8355-6335-2 C0095